# リアルリーマンライフ

Kei Imajou
今城けい

CHARADE BUNKO

Illustration

金ひかる

CONTENTS

# リアルリーマンライフ

世の中にはさまざまな機械があるが、それらはたいてい部品を組み立ててつくられている。携帯電話も、コンピュータも、自動車も、すべては部品の集まりだ。そして、そうした材料は工作機械が生産している。

機械を生み出す機械。マザーマシンと呼ばれるそれをつくり出すのが、瀬戸《せと》のもっとも楽しい時間で、入社五年が経《た》ったいまも、その気持ちは変わっていない。

この日、いつもとおなじ時刻に瀬戸が研究所へ出勤すると、上司の太田《おおた》がデスクから手招きした。

「なんですか」

瀬戸の勤める万代精機《まんだいせいき》株式会社は三鷹に製造工場と研究所をもうけている。瀬戸の所属は研究所にある開発技術のセクションで、この部門はおもに工作機の新設や、改良、データ解析を手がけていた。

「まずはこれを見てほしい」

太田のデスクの前に行き、彼から渡された報告書を読んでいると、どうだろうかと問いかけられる。

「どう、とは？」

「その報告にあるとおり、クレームが発生している。これから現場に行ってくれるか？」

「それは無理です」

即答すると、太田がむうっと顔をしかめる。

「どうして無理だ？」

「今日はミーリングの伝導率の分析値を取る予定です」

「あれなら、美作《みまさか》にやらせればいいだろう」

ですが……と瀬戸が言いかけると、それを太田がさえぎった。

「いいから行ってこい。業務命令」

「……わかりました」

今年四十になるという太田は強引なところがあるが、全般的におおらかな性格で、部下の面倒見もいいほうだった。不満ながらも瀬戸がそうしてうなずくと、今度は美作を席に呼び、データ計測の引き継ぎを言いつける。

太田の指示に「はい」とうなずく美作は去年度入社のグループ員で、まだ新人の範囲だが、気もきくし、頭の回転も速い男だ。瀬戸の言うことをメモに取り、質問もして、要領よく作業を呑《の》みこむ。

「ふたりとも、忙しいのにすまないな。でも、きっと現場に出るのは瀬戸にとっても役に立つぞ。ユーザーと直《じか》に触れ合うのはいい機会だ」

そんな声に送られて、瀬戸は研究所を出ていった。スーツを着ていけと言われたので、いったん杉並の自宅に帰り、着替えてから四谷に向かう。

瀬戸の会社は岡山に本社があるが、活動の主要拠点は東日本に置いている。そのために営業部門は四谷の東京本社を拠点に、関東、東北、甲信越など、幅広い一帯で活動をおこなっていた。

瀬戸がまず立ち寄ったのは、その東京本社がある場所で、そこで営業の誰かと落ち合う予定なのだ。

同行する相手の名前はたしか耳にしたはずだったが、瀬戸は誰かとしかわからない。太田から渡された報告書の内容に気を取られ、聞きのがしていたからだ。

（ユーザーと直に触れ合う、か）

そのことに関しては、じつは結構楽しみだった。

瀬戸のセクションは技術開発がもっぱらだから、これまでにもクレーム解析や、動作性の検証は幾度もこなした経験がある。ただ、客先に直接出向いての対応はいままでしたことがなく、実際に稼働するマシンを見、そこの技術者に話が聞けるのは興味深い。

（エンジン加工の歩留《ぶど》まりが五パーセントということだったな。それなら、ひょっとして……）

道すがら頭のなかでトラブルの原因を探っていたので、東京本社の受付に着いたときにはほとんど上の空だった。

「ご用件をおうかがいしてよろしいでしょうか」

受付嬢にうながされ、ようやく現実に頭を戻してここに来た用向きを言う。すでに話を通しておいてくれたのか、一階の商談室でいくらか待つと、ドアがひらいて男がひとり入ってきた。

「お待たせしました。開発グループの瀬戸さんですね。今日はよろしくお願いします」

人あたりのいい笑顔とともに姿をあらわした若い男は、ビジネスバッグとコートをたずさえていた。スーツの色はダークグレーで、ワイシャツは白。ネクタイはチェック柄で色みはごくおさえたものだ。

とくに派手でもなんでもない服装だったが、彼がしていると妙に際立つ。

(髪が明るい感じだからか)

たぶんそうだと判断し、納得すると、瀬戸はまたべつのことを考えはじめる。

(エンジン製作では、その前段階として金型での鋳造《ちゅうぞう》がある。もしかしたら……)

「ハイプレッシャーダイキャストの圧力値を持っていますか?」

瀬戸が眼前の男に聞いたら、相手は一瞬(えっ?)という顔をした。

「あるいは、とは思うんだが、鋳造段階での不具合も疑ってみるほうがいい。それと、できればアルミ合金の精確《せいかく》な成分値も」

さらにいくつかの可能性を述べてみたら、彼はおかしな顔をして「ええと……」と言いかけて、口を閉ざした。

「ありませんか？」

「それについては、カザマさんにお願いしてみますけれど……」

彼の言ったカザマとは、ふたりがこれから出向く先の自動車メーカーの名称だった。正式にはカザマ自動車株式会社。国内でも大手の企業で、今日行く先は埼玉にある工場だ。

「それならいいです。では、さっそく行きましょう」

瀬戸は言うと、彼より先に商談室を出ていって、足早に駅へと向かう。ビルを出ると、二月の風が吹きつけて、刺激で肌がぴりぴりした。

雪でも降りそうな天気だな……と思いながら歩いていると、横から誰かの声がする。

「そのコートは着ないんですか？」

（え……？）

声のほうを見てみれば、さっき会った営業課の男だった。

（そういえば、同行する予定だったな）

今回のクレーム処理では、開発グループの瀬戸のほうが営業のサポートにまわる側だ。

昨今では、トラブルの解決や、商品売りこみの際に営業マンだけではなく、技術的な提案も有効だと、瀬戸たち技術職のメンバーも顧客《こきゃく》先に出向いていくことがある。今回のこれも、いわゆるセールスエンジニアとしての活動であるというのは、瀬戸にも頭ではわかっているが、トラブルそのものへの関心が先走って男の存在を忘れていた。

瀬戸がぼんやり男の顔を見返すと、彼は苛立《いらだ》った様子になっておなじ台詞《せりふ》をくり返した。

「ああ……そうか」

まだ半分くらい上の空で無造作にコートを着こむ。

瀬戸のスーツも、いま着たコートも、就職したときに買ったもので、流行とはまったく関係ないオーソドックスなものだった。ハンガーに吊《つ》るしていたのをそのまま買って帰ったので、横幅は結構ゆるいが、着用には問題がない。ふたたび足を進めたら「待ってください」とまたもや彼が声をかけた。

「先方への手土産《てみやげ》を買っていくので、そこの店に」

コートにつつまれた長い腕が駅ビルの一角をしめしている。

「先方って？」

「お客さま先にです。今日の対応は先方の品質保証課がしてくれるそうですが、課員さんの人数がはっきりとわからないので、すこし多めに用意しておきましょう」

直接処理にあたる人間だけでなく、その課の全員に配るのか。丁重なことだなと思っていると、彼が胡乱《うろん》な顔をした。

「え。なにか、不思議なことがありますか？」

聞かれたから、さっき思ったとおりのことを口にする。と、彼のこめかみがぴくっと震えた。

「……これまで瀬戸さんはお客さま先に行ったことがありますか？」

「いや。ないです」

グループ長の太田や、美作や、ほかのメンバーの幾人かはあるようだったが、瀬戸はこれが初めてだ。

事実を言ったのに、その男はうなずくどころか「……だと思った」と嫌そうにつぶやいた。

それからおもむろに向き直り、瀬戸に真剣なまなざしを向けてくる。

「ちょっと聞いてほしいんですが、これから行く先はお客さまの工場です。しかも、今回は先方から招待されたわけでもなく、プレゼンテーションのご提案をさせてもらうわけでもないです。クレーム処理。つまり、こっちに非がある状態で先さまの事業所におうかがいするんです」

「それくらい、わかっている」

子供にでも教え聞かせているような、その言い草が気に入らない。それに……と、瀬戸は言葉を継いだ。

「現状を調べなければ、こっちに非があるかどうかわからないだろ」

反論したら、彼が口元をゆがませる。

「あのね、瀬戸さん。トラブルを起こしているのは、うちの工作機械です。たとえ原因がどこにあっても、先方を批難するような発言は絶対つつしんでくださいよ」

世間知らずと言わんばかりの男の台詞に、むっとして言い返す。

「そんなこと、するはずがないだろう」

「とにかく口には気をつけて、慎重にしゃべってください。感情を害されると、のちのちまで響きますから。敬語を使うのも忘れないでくださいね」

「……俺はいつも丁寧に話していますが」

心外だと返したら、彼は「嘘《うそ》でしょ」と表情でつたえてきた。

「俺にはもうなんでもいいです。だけど、お客さまの工場を訪問したら、相手には丁寧語を使ってください。判断に迷ったら、なにか言う前に俺を呼んで」

「……あ、うん。……わかりました」

瀬戸はちょっと考えてから素直にうなずく。すると、相手は肩の上にかけた手をはずされでもしたように驚いた顔をした。

「え……ほんとに？」

「きみがそれほど言うのなら、心がけるべきだと思う。俺だって、客先で無用なトラブルを起こしたくはないですから」

瀬戸にも自分の対人関係のつたなさはわかっているのだ。ましてや、今日の訪問は初めて

の体験だ。ここはひとつ経験豊富な営業マンにしたがうのが道理だろう。

「顧客相手の対応は不慣れだから、きみにも迷惑をかけてしまうかもしれませんが、できる限り気をつけますから」

丁寧《ていねい》な心配り……と自分に言い聞かせて話してみたら、相手の表情がおだやかなそれへと変わる。

「迷惑なんてことはないです。こっちこそ、失礼な言いかたですみません」

「いえ。べつに。気にしてないです」

これでこの件は落着したと瀬戸は思い、駅に向かって足を進める。と、その直後。自分を呼びとめる声がした。

「瀬戸さん、ちょっと待ってください」

振り向いて戻っていくと、彼がとまどった様子になってたたずんでいる。

「土産を買うと言いましたよね」

「ああ、そうでした。……ところで、AC4Dのs.i量は何パーセントだと思いますか」

アルミ合金の熱膨張係数《ねつぼうちょうけいすう》が気になったから聞いたのに、彼はなぜだか妙な顔でまばたきした。

††

そうして、先方への手土産を買いこんだのち、切符を買って改札を通りながら、彼が瀬戸の専門分野に触れてきた。

「ええと。瀬戸さん。俺は先日、日本機械学会の会誌に載ったあなたの論文を読みました。あれで論文賞を獲得したんでしたよね」

「そうだ。あれを読んだのか」

『丁寧な心配り』はつい忘れたが、相手はとくに気にしたふうもなく首を振る。

「ええ。【瞬間シュリーレン法によるガス噴流時の発達特性における数値モデル】でしたっけ。俺は学術的なことはよくわからないですが、あれは、すごいと思いました」

彼が本気で感心しているようなので、電車に乗ってからそれについて事細かく説明したら、彼は口をはさまずに何回もうなずいている。話しているうちに興が乗り、ひとしきりしゃべったあとで、瀬戸はふと気がついた。

「そういえば、きみの名前はなんでした？」

彼にすこしだけ親しみが湧《わ》いたからそう聞いたのに、とたん、相手の頬《ほお》が引きつる。

「……俺の名前を知らなかった？」

「うん、そうですが？　よかったら教えてください」

頼んだら、彼はなぜかものすごく嫌そうな低音でそれに応じる。

「益原央紀《ますはらおうき》といいますが」

（……なにか、怒らせた？）

今日が初対面だから、名前を知らないのはしかたがないが、聞くのが遅いと腹を立てているのだろうか。いくぶん反省してあやまると、彼の顔つきがますます険悪になってしまった。

「もしかして、瀬戸さんは俺と同期ということも知らないんじゃないですか」

「同期？　じゃあ、きみは俺とおない年なのか」

「いえ、俺は院卒ではありませんので。あなたより二歳下です」

（ああ……そういえば）

すっかり忘れていたのだが、同期との懇親会で見かけたようなおぼえがある。スタイルも顔もいい男がいて、女性にかこまれていたような。華やかで、楽しそうで、遠目に見ても目立っていた。

ただ、瀬戸はかえってそのことで自分には縁がないと、そちらには近づかないようにしていたのだ。そのうち同期とのかかわりもなくなったから、彼のことも結局名前も知らないで終わってしまった。

「新人歓迎会と懇親会とで、二回くらいはおなじ場所にいたんだけどな。……やっぱり瀬戸さんは、俺を目に入れてもいなかったんだ」

これは彼の独りごとに聞こえたので、とくに返事はしなかったのだが、なにか言えばよかったのかもしれなかった。益原はそれきり黙りこくってしまい、瀬戸も話題が見つけられず、カザマ自動車の工場に入るまでふたりのあいだに会話がなくなってしまったから。

† †

自動車を製造するにはいくつかの工程がある。今回問題になっているのは、この工場では五番目の工程だ。溶けたアルミ合金を金型に入れ、エンジンのかたちに仕上げ、そののちこまかく加工する。精密さを要求されるその加工は、すべて自動化されていて、成型されるエンジン部分はラインで運ばれながらの作業となる仕組みだった。

製造開始から完成までの順序としては真ん中あたりの工程で、高温での鋳造、冷却、のち機械加工と、ダイナミックな作業のひとつだ。

「まずは、品質保証課を訪ねていきます。そちらでトラブルの詳細をうかがってから、実際の作業状況を見せていただく流れかと思うんですが」

正門前の守衛室には訪問の用件と社名などを書き入れる用紙がある。それへの記入をしたあとで、カザマ工場の門をくぐった瀬戸たちふたりは、ようやく気まずい沈黙を抜け出していた。

あのあとふたたび口火を切ったのは益原で、あちらの施設が厚生棟、あれが製造現場だと、工場内の施設のありかを教えてくれる。もう怒ってはいないらしく、淡々とした声音だった。

(……機嫌が直ったみたいだな)

益原は黙っていても存在感の大きな男で、隣に座っているだけで彼から放たれる精気のようなものを感じる。声は大きくはきはきしていて、動作もなめらかで無駄がない。

いかにもできるビジネスマンといったふうな活力に満ちた男は、しかしいったん怒らせるとより大きな重圧をこちらにあたえる。瀬戸は最初に出会ったときから押され気味でいたのだが、こうして相手をうかがっている自分に気づくと、なんとも妙な感覚になる。

(これは、どういうのだろうな……)

他人のことを推《お》し量《はか》り、どうだろうかと気にしている。こんな気分はなじみがなくて、落ち着かない。

(もしかすると……これは自分の問題じゃなく、むしろ益原のせいじゃないか)

益原が他人にあたえる影響力は相当なものだろう。これだけ見た目がよく、仕事もできそうで——実際、有能なのだろうが——感じよく振る舞える男だから、こちらもちゃんとした対応をと思わせられる。

つまり、瀬戸が益原を怒らせたのが気になったのは、彼がそういう人間だからで、このことは正常値の範囲内だ。

ひとまず解らしきものを見つけ、瀬戸はほっと息をついた。胸のもやもやにおさまりがつき、そうなるとめずらしく自分から話しかけてみたくなる。

「この工場の品質保証課はどのあたりにありますか？」

「ああ。それは製造部と一緒ですから、あちらの建物になりますね」

「あの、向こうにある白いビルは？」

「管理本部。総務に、経理とか、おもに事務系の部署があります」

「よく知っているんですね」

「半年前に、ここでプレス機の入れ替えをしたときに、俺も立ち会いましたから」

瀬戸の質問に益原はよどみなく応じてくれる。

（でも……）

どこか、よそよそしい気配が消えない。この感覚にはおぼえがあって、いわゆる『引かれた』というやつかと瀬戸は思う。

（益原は、俺とは感性が合わないと思ったか）

だが、それも無理はないのかもしれない。瀬戸は大学で機械工学科を専攻したから、周囲は似たような人間が多かった。そのなかではさほど浮いていなかった気がするが、社会に出るとさまざまな人種がいる。研究所ではそうでもないが、そこ以外では相手の気分をそこねることも多数あって、さすがに自分の言動がうまくないのを理解していた。

(それについてはわかっているんだ)

けれども、理性でわかっているのと、その修復ができるかどうかは別問題だ。ひとの気持ちは方程式を解くのとは違っているから、瀬戸には正しい答えを出すのがむずかしい。

(まあ、それでもおたがい社会人だ)

両者のあいだに多少は冷ややかな風が吹こうと、表面上は何事もないように仕事を済ませる。そしてもちろん個人対個人として、親しくなることはない。

この場合もおそらくはそうだろうと判断し、瀬戸もごく事務的に接していけばいいのかと考えた。

品質保証課で挨拶《あいさつ》をして——もちろん益原は完璧《かんぺき》な営業マンぶりを見せていた——それからクレーム対象のエンジン加工機の前に行く。ここは完全自動化のラインだから、すべては機械まかせで動き、作業員はガラス越しに制御装置を操作する。

ラインに乗って規則的に流れていく加工部品。装飾などなにもない、実用のみを追求している工作機械。効率重視の無駄のない動きのなかに、炎と水が躍動感を添えている。

(すごい。面白い)

製作された時期はかなり前なので、瀬戸自身がこの工作機の開発にたずさわったわけではないが、理論的には理解している。それでも、目の前で実働中の機械を見れば、思わずテンションが高くなる。

(図面や写真で見るのもいいが、やっぱり実物を見てみるのがいちばんだ)

すっかりうれしくなった瀬戸は、作業現場のオペレーターや技術者と話しこみ……益原から注意を受けていたことを忘れてしまった。

「……瀬戸さん。俺たちは、いちおう共同でクレーム処理にあたるんですよね」

それがまずかったと知ったのは、カザマ工場を退出し、駅までのバスを待っているときだ。

「あ、ああ。そうですが」

不満をおさえているような益原の表情に、瀬戸は内心あせってしまう。

(また……怒ってる?)

なにが原因かと思っていると、益原は苦りきった顔をして口をひらいた。

「だったら、俺の忠告をすこしは聞く気になってください」

「忠告って……?」

丁寧語は使っていたつもりだが。思わず首を傾《かし》げると、益原のこめかみがぴくぴく脈打つ。

「客先で口喧嘩《くちげんか》をしないでもらいたいんですよ」

「あれは喧嘩じゃなくて、ディベートだと思いますが?」

瀬戸が言うと、益原はあからさまにため息を吐き出した。

「あのですね。顧客の技術者とディベートするって発想が、もうすでに違うんですよ。相手はお客さまなんですから。討論したいなら、どこかよそでやってください」

嫌みまじりに言われれば、瀬戸も気分が悪くなる。

じょうずな反論もできないで黙りこむと「なにか言うことがありますか」と問いかけられた。

それでもむっつりと瀬戸が口を閉ざしていれば、益原の怒った気配がさらに高まる。

「……俺たちは当分一緒に仕事をしていかなきゃならないんです。しゃべりたいときだけしゃべって、自分が言いたくないときは黙っていたんじゃ、コミュニケーションもなにもないでしょ？　カザマさんのこの処理が片づくまでは、おたがいに大人として歩み寄っていきませんか」

教え諭《さと》す口調だが、彼の目には険がある。それでますます瀬戸は言葉をうしなった。

「瀬戸さん？」

うながされて、これはどうでもなにか言わねばならないと、思いつくままの台詞を発する。

「き、きみの……言いたいことはわかります」

「ほんとですか？」

「うん。理解はするけど……実行できるかどうかはべつです」

正直なところを述べたが、たぶん正直すぎたのだろう。バスが来て、瀬戸が先に乗りこむときに、背後から大きなため息が聞こえてきたので。

††

「ねえ、瀬戸さん。それって、カザマのやつでしょう？」

エンジン部品の切削痕《せつさくこん》を瀬戸がルーペで調べていると、後ろから美作が一緒になってのぞきこむ。

「原因、特定できました？」

「アルミ合金の配合には問題がない。鋳造時の金型も同様だ」

「つまり、そのあとの……？」

「マシニングセンタにおける位置決め偏差《へんさ》が気になるが……いまのところ、決め手はないんだ」

エンジンを加工する工作機械は精密な動きをする。その動作を制御するのはコンピュータだから、組まれたプログラムのデータがあれば、ある程度はトラブルの原因が把握できる。

しかし、瀬戸が検証を重ねても、これだという原因が見つからず、問題解決は難航していた。ここ十日間、土、日の休日も返上で、研究所に詰めているが、あせるばかりで解析は進展しない。

（まいったな……）

ため息をつきたい気分で、瀬戸はまげていた背筋を伸ばす。すると、背中のどこかの骨がにぶい音を立てて軋《きし》んだ。

「うわ。いま、ゴキバキって、いってましたよ」

小柄な美作が、大きな眸《ひとみ》をさらに丸くしてみせる。

「すこし休んで、ストレッチでもしたほうがよくないですか」

美作は親切で言ってくれるが、瀬戸は「うん」とはうなずけない。目頭を指で押さえて、ほんのしばし疲れた眼球だけ休ませてやる。

「お茶、飲みますか?」

「……そうもしていられない」

のんびりしてはいられないのだ。なにしろ、まもなく……。

「そういや、今日は益原さんが来るんですよね」

美作が瀬戸の思考を読んだように絶妙なタイミングで聞いてきた。

「そうだ」

「やっぱりかあ。女子たちの髪型が今日はなにか違うって思ったんで」

「違うって……?」

作業をつづけようと思うが、目が沁《し》みて視野がぼやける。やむなく瀬戸は、美作の相手になった。

「なにかこう、くるくるだったり、さらさらだったり、綺麗《きれい》なんです。いつもだったら、適当に結んでるのに」

美作は、開発グループでいちばんまめな男だった。自身の髪型や服装にも気を配っているようだったし、その手の話題も好きなほうだ。

「益原さんが来るときって、どこで聞きつけてくるんだか、他部署の女子まで研究所にいるんですよね。なんか、やたらと資料を届けに来たりとか、電話メモをわざわざ持ってきたりとか」

それは気がつかなかったが、瀬戸は黙ってうなずいた。

（あの男なら、そんなこともあるだろうな……）

益原はこれまで四回研究所に顔を出したが、そのたびに女子社員に呼びとめられて、なにか話しかけられていた。そして、益原はその都度気さくに応じていたから、ますます女性が近寄ってくる割合が高くなる。

「まあ、その気持ちもわかりますけど。こっちだって益原さんだと、やっかむ気には最初からなりませんから。家は金持ちで、いいとこの大学出てて、スーツ姿も格好いいし」

このあいだの社内ゴルフコンペでは、優勝したって話ですしね。美作がそう言ったとき、彼のポケットでタイマーの音がした。

「あっ、と。時間だ。戻らなきゃ」

失礼しまぁすと、美作は自分の持ち場に戻っていく。瀬戸は何度か重い目蓋《まぶた》を上下させ、またも部品に向き直った。

（やっかむ気にもならないか……）

それはまあ、そうだろうと瀬戸は思う。あれくらい仕事ができて、気配りできる男なら、美作が見あげる気持ちになるのだって納得できる。

益原が瀬戸との打ち合わせでここに顔を出すようになってから、太田に聞いた話だが、彼は営業部の若手ではいちばんの出世頭と目されているらしい。

すでに大手の企業との契約をいくつも交わし、顧客の信用度も相当高い。また、社内的には上司からの推薦《すいせん》で、前回受けた昇級試験に合格しているという。

そちらの試験では、社長をふくめた役員たちを前にして、堂々とプレゼンテーションをおこなって、その内容と度胸とで皆をうならせたそうだった。

瀬戸も当然益原の技量について疑う気持ちはまったくない。いまは空きのポスト待ちだが、いずれ役職におさまって、どんどん上に進んでいくはずの人物なのだ。

（美作の言うとおり、あれは人種が違うんだろう）

そして、瀬戸はそんな益原をうらやましいとは思わない。自分はこの研究所で、こつこつと開発業務にたずさわっていければいい。ねじや、モーターや、センサー、そうした機械部品にかこまれて、瀬戸には美しく思われる工作機を生み出したいのだ。

瀬戸は、青い作業服の袖口からのぞいている腕時計をちらと見た。

(俺は、ただそれだけなんだが……人間関係はむずかしい)

カザマの工場に行ったとき、瀬戸は益原を怒らせた。苛立たせてもいたようだったし、それはきっと瀬戸に非があるのだろう。

益原も結構上からなところがあるが、言っていることはほとんど正しい。コミュニケーションが不得手なのも、専門分野に関することではわれを忘れてしまうのも、瀬戸のほうに落ち度がある。

(最初にこの研究所に彼が来たときもそうだった)

益原は、瀬戸が持ち帰ったデータのほかにも使えそうな資料を集めて、ここ、三鷹の製造事業所に届けに来てくれたのだ。それは実際ありがたかったが、やはりあの場面でも和気あいあいとはいかなかった。

――きみ、昼の食事はどうしますか?

精いっぱい瀬戸が気をきかせたつもりで、益原に聞いてみたら、彼は一瞬目を瞠《みは》った。それからにこりと笑顔を見せると、ほがらかな口調で問いかけてきた。

――外に出るのは時間がかかりますからね。こちらの食堂に行きましょうか?

――ああ、どうぞ。

彼の言うのももっともだと思ったから、瀬戸はあっさりうなずいた。しかし、直後に益原はむっとした顔になり、一転して機嫌の悪そうな様子になった。

――俺は瀬戸さんを誘ったつもりなんですが？

結局食堂には一緒に行ったが、いったんかけ違えた気分は直らず、瀬戸はもちろん益原も口が重くなっていた。

（つくづく相性が悪いんだろうな……）

これまでにも瀬戸とは感性がまったく合わない――そのように相手から思われた経験ならたくさんあった。そうしたときに、彼らはたいてい一歩引いた態度を取るか、あからさまに瀬戸を避けるのがつねだった。おたがい社会人だから『変なやつ』呼ばわりはさすがにないが、瀬戸を変人だと感じているのが彼らの言動の端々から滲《にじ》んでいたのだ。

（だけど、それでもかまわない。合わないと思ったら、距離を置いてくれればいいんだ）

むしろ瀬戸もそっちのほうが、面倒がなくていい。

虚勢でもなんでもなく、これまで瀬戸は正直な気持ちとしてそんなふうに思ってきたのだ。

（なのに、益原は……）

そこまで瀬戸が考えたとき、ここ数日間で聞き慣れた男の声が耳に入った。

「こんにちは。お疲れさまです」

よく通るあの声は益原だ。時刻は三時五分前。約束の時間どおりだ。

（来た）

瞬間、肩に重みがくわわる。瀬戸は無意識に胃に手をあてて、エンジン部品に顔を寄せた。振り向いて彼に挨拶すべきだと知っていて、瀬戸がなおそうしないのは、宿題を先送りする子供とおなじ心境だからだ。けれども、それでどうにかなるはずもなく、まもなく益原は真後ろまで近づいてきた。

「瀬戸さん」

「……こんにちは」

声をかけられたら、もはや無視することはできない。

嫌々ながら姿勢を変えて、益原の長い脚に視線を向ける。彼は挨拶を返したあとで、さっそく進捗状況を聞いてきた。

「今日はどのくらい進みました?」

瀬戸が簡単に説明すると、呑みこみ顔で彼がうなずく。

「測定値のヒストグラムにも異常値は出てこなかった、と。このあいだ調べると言っていた変位センサーはどうでした?」

「出力の値は取ったが……」

結果は出ていないので言葉を濁すと、益原はそれ以上追及してこなかった。

「じゃあ、これを。カザマさんからいただいてきた追加の資料が入っています」

そう言いながら、益原が封筒を手渡してくる。なかに入っているものは、瀬戸が昨日彼から電話をもらった際に、できればほしいと頼んでいたデータだった。

「ああ。ありがとう」

「いえ、どういたしまして。それで、カザマさんと午前中にしてきた話の内容ですが――」

そのあと益原は顧客先への繋《つな》ぎとしておこなっているフォローの状況を瀬戸に説明しはじめる。すでに鋳造過程での問題点がないことは瀬戸が実証済みだから、そのあとの進み具合を客先に開示《かいじ》しながら、必要な資料があれば彼らの工場からもらうなり、借りるなりして、益原はこの場所まで届けに来るのだ。

こうやって、彼は顧客の不満や不安をおさえながら、瀬戸の作業のバックアップをしてくれる。そのあたりはさすがにできる営業マンと瀬戸もみとめざるを得ず、こと仕事に関すれば彼は充分以上に信頼できる男だった。

瀬戸が封筒から書類を出して、それに目を通していると、女子社員が折り畳みのパイプ椅《い》子《す》を持ってきた。益原は愛想よくお礼を言って、瀬戸の横に腰かける。

「それ、役に立ちそうですか？」

「……Ｅｉはσ＝０．４９ｎｍですからね」

書類から目をあげずに答えたが、彼からの反応は返ってこない。

沈黙をそのままにして資料のぜんぶを読み終えたとき、益原がやおら上体をかたむけて瀬戸の顔をのぞきこんだ。

「すこし休憩しませんか？　差し入れにシュークリームを持ってきたので」

益原が女子社員に渡したら、休憩室にお茶を用意してくれたと言う。

「太田さんも、手の空けられるひとたちから一服してもいいぞって」

「俺は、いいです」

瀬戸は即座に辞退する。甘いものが好物というほどでもなかったし、益原たちとのんびりとお茶を飲むような気分ではない。瀬戸はふたたび検証中の部品のほうに向き直ったが、彼がここを立ち去る気配がしてこない。

（どうして、あっちに行かないんだ……？）

益原はたいていそうだ。瀬戸の態度にしばしばむっとした顔をするのに、こちらを避けようとする様子を見せない。業務上で協力し合っているからには、嫌がってもしかたがないと考えたのかもしれないが、本音を言えばむしろ瀬戸が彼を避けたい。

美作言うところの『イケメンオーラ出まくり』の益原が、こちらのことで怒ったり、苛ついたりするのは、じつのところ気が重いのだ。もちろんそれはいい男に嫌われて哀《かな》しいというようなものではなく、彼が傍《そば》にいるだけで圧力を感じてしまい、しだいに消耗してくるからだが。

なのに、益原はここで食事をしていく際や、こんなふうにみんなでお茶を飲もうとするとき、ごく自然に瀬戸までも彼らの輪のなかへ入れようとする。

（ほんとに、まったく、ありがたくない）

休憩室で瀬戸がみんなとまじっても、これといった話題もないし、なによりも時間が惜しい。顧客のことを思うなら、できるだけすみやかに不適合品の解消につとめるべきだし、いまは中途になっている開発品のことも気になる。瀬戸がやりかけていた作業を黙々とつづけていると、やがて益原が歩き去る足音が聞こえてきた。

瀬戸はほっと息をつき「やれやれ……」とちいさなつぶやきを洩《も》らしたが、それは益原に対するものか、それとも愛想のない自分へのものなのかはわからなかった。

ただ、益原は苦手な相手だ。それだけは、疑いようのない事実だった。

† †

午後七時を少し過ぎた時刻になって、瀬戸は研究所を出ていった。本当はもっと遅くまで居残っていたかったのだが、グループ長の太田に追い出されたのだ。

――おまえ、目の下のクマがひどいぞ。それに、十日も出ずっぱりだろ。

指摘されて、それでも腰をあげなかったが、太田から体調管理も業務のうちだと叱《しか》られて、しぶしぶ瀬戸は席を立った。

二月もほぼなかばであり、夜の寒さはいっそう厳しくなっている。瀬戸は白い息を吐きつつ、場内にある社員用送迎バスの停留所に向かっていった。

（たしか、あと五分くらいで出るはずだ）

市内の路線バスとは違って、発車時刻はこの事業所のタイムテーブルに則している。研究所はそうではないが、製造部の工場はフルタイム操業なので基本的には二十四時間稼働することになっている。工員たちは三交代制で作業にあたり、そのために彼らが入れ換わる時刻が来るとバスの本数が多くなるのだ。

瀬戸が出たときは、しかし間引き運転の時間帯で到着する本数がかなりすくなくなっていた。停車中のバスを見て、瀬戸が足を速めたとき、おなじそれに乗ろうとしていた男の姿に気がついた。

（益原だ）

夜目にも長身の男はずいぶん目立っていて、ダークブラウンの髪を見たとたん彼とわかった。

瀬戸は声をかけるつもりはなかったが、目ざとい益原がこちらを見つけ、バスから離れてこちらのほうに寄ってくる。

「瀬戸さんも、いま帰りなんですか」

そう聞かれると、答えないわけにもいかず、瀬戸は重い口をひらいた。

「はい。そうです」

益原の着ているコートは濃紺で、膝丈《ひざたけ》のすっきりしたデザインだった。生地は、おしゃれには興味のない瀬戸でもわかる上質な素材を使っている。対する瀬戸は、おなじ紺色でもステンカラーの地味なコートだ。おまけに、なかのジャケットと、ノーアイロンのシャツと、それにVネックのセーターは、どれもサイズが合えばいいと適当に身に着けている。

「偶然ですね。俺もいまから帰ろうと思っていたところなんです。あれから製造部に顔出しをしていたら、こんな時間になったんですが」

「あ、そう」

瀬戸の返事が悪かったのか、それきり会話は途絶えてしまった。

益原が苦手だと思っているから、それが口調にも表情にも出ていたらしい。それからは、おたがい無言でバスに乗りこみ、とくに話もなくそこから降りた。

（さよならと言ったほうがいいのだろうか）

考えているうちにJRの駅構内まで進んでいたので、そのまま流れで別れるかと瀬戸は思った。しかし、益原は瀬戸の傍から離れない。結局、前後して駅の改札口を過ぎ、おなじ車両に乗ることになってしまった。

ラッシュの時間ほどではないが、車内はそこそこ混んでいて、反対側の入り口付近にふたりして立つことになる。無言のまま通してもよかったが、さっき益原に振られた話題を断ちきったのが気になった。

（益原の言うとおり、仕事で組んでいるんだし、すこしばかりこちらからも歩み寄るのは必要だろうか）

瀬戸はいくらか考えてから、益原に訊《たず》ねる言葉を思いついた。

「あそこでなにをしていたんです？」

瀬戸が言うと、益原は驚いた顔をした。

「え……と」

それから彼は「ああそうか」と低くつぶやき、明るい表情を向けてくる。

「製造部で、ということですね？」

首肯すると、クイズをあてた子供のようににっこり笑い、またも響きのいい声を発する。

「俺の担当の製品が完成間近と連絡をもらったので。最終テストに立ち会って、搬入の打ち合わせをしていたら、この時間になったんですよ」

どんな機械か興味があったが、専門分野のことに触れたら妙なスイッチが入るような予感がする。自社製品に関することを車内でべらべらしゃべるのはいかにもまずいという自覚もあって、瀬戸は黙ってうなずいた。

（……それ以外で、なにか話題を）

そう考えて探してみたが、とくになにも思いつかない。やむなく視線を下げたまま、益原のコートのボタンを意味なく眺める。

彼もまた無理に話を繋げようとするでもなく、無言のうちにふた駅ほど過ぎていった。揺れる車内。目の前に立っているのが見ず知らずの他人なら、そこにいるのも意識しない。しかし、彼はふたつ年下の同僚で、かつ瀬戸がもっとも苦手とするタイプだった。

(だけど、有能なのはたしかだ。俺が欲しいと思う資料を、すばやく確実に渡してくれる)

ほかにもたくさん仕事をかかえているのだろうに、連日電話、もしくはメールでカザマの人間と瀬戸に対するフォローもし、一日おきくらいには研究所に顔を出す。そつのない、行き届いた彼の対応。初対面で益原の名前さえ聞かなかったこちらとは大違いだ。

そう考えて、瀬戸がさらにうつむいたとき、低くやわらかな彼の声が耳に入った。

「この仕事を振られたときに、俺に同行する技術者の名前を聞いて、すごくうれしかったんですよ。一緒に仕事ができると聞いて、本当に楽しみでした」

どうしてだろうと顔をあげたら、視界のほぼ正面に益原の眸があった。ふたりとも背が高いから、まわりから頭が出ていて、彼しか目に入らない。なんとなく近くにいすぎる気がしたが、この状況では動けなかった。

瀬戸がダークブラウンの眸をじっと見ていたら、益原がふっと笑って言葉をつづける。

「入社式のあった日に、瀬戸さんは新入社員の代表として挨拶をしたでしょう」

(え……ああ。そんなこともあったかな)

返事はせずにつづきを待つと、益原は笑いをおさめ、真摯《しんし》な表情で声を発した。

「入社の抱負を述べるところで、うちの工作機の問題点を数式入りで発表してくれたから……俺は、すごいひとだなと思いました」

「……あれは、忘れてくれませんか」

言われてようやく思い出したが、社長以下、周囲は全員唖然《あぜん》としていた。瀬戸はあのとき、入社前研修で見せてもらった加工機の欠点を発見し、それがずっと気になっていたために、まわりのひとびとへの関心がかなり薄くなっていたのだ。

どうにもやらかした感のある記憶に口元をゆがめていると、彼は違うと首を振る。

「俺は、ほめているんですよ？」

「そう……ですか？」

「もちろんです」

瀬戸は口をひらきかけて、また閉じた。ありがとうと言うのもなんだかおかしな気がする。それとも、おかしくはないのだろうか。どちらかを決めかねて、瀬戸は視線を車窓に逃がした。

（……そういえば……あのやりかたはどうだろう）

研究所ではいくら考えても思いつかなかった方法がこのとき浮かんできたというのは、やはり相当煮詰まっていたらしい。相変わらず益原は苦手だが、たしかに彼といて気持ちの転換ができたのは事実だった。

「オイラー法、なんだろうと」

　こぼれた声は益原にというよりも、独りごとの口調だったが、彼はそれを流さずにすくい取った。

「……え？」

「コンピュータのアルゴリズムとおなじような手法です。まずは目をつけたところをざっくりと拾いあげて、それから近似値を集めていく。そうしてまたその集団をふるいにかけて近いものを。そんなふうなくり返しをつづけていって、だんだんと精度を高める。そういう方法でやってみれば、うまくいくような気がします」

「その……瀬戸さんが言っているのは、いまの案件についてですか？」

　瀬戸がうなずくと、益原は苦笑した。

「瀬戸さんのそれってたぶんクセなんですね」

　今度は瀬戸が疑問の表情を浮かべる番で、思わず首を傾げると、彼が笑みを深くした。

「途中経過をすっ飛ばして、結論から言うでしょう？」

　独りよがりで、意味不明と言われた気がする。瀬戸は目線を落としながら謝罪の言葉を口にした。

「あやまらなくてもいいですよ。頭のいいひとにはこういうの、よくあるって聞きますから。俺もちょっと慣れてきました」

しかし、益原はなんでもないように告げてきた。目線をあげて彼を見たら、機嫌がよさそうな顔をしている。

「こうやって、すこしずつわかってくるのもいいですね。俺もたいがいまずいところがあるようなので気をつけます」

意表を突かれて、瀬戸はダークブラウンの眸を見ながらまばたきした。

「まずいって……？」

「いろいろあるけれど、自分のやりかたを強引に通そうとするところとか。失敗することも多いし、生意気だって言われることも結構あるんで、反省するけれどなかなかね」

いくぶんくだけた口調で言うと、彼はかるく肩をすくめた。

（益原でも、自信満々ってわけじゃないのか）

ふうんと意外に思いつつ、ひとつ駅を過ぎたあたりで、瀬戸はふと思いついて聞いてみる。

「でも、平気でしょう？」

すると、彼は一拍置いて、こちらのほうに視線を向ける。

「えっと……失敗や、生意気と思われることがですか？」

うなずくと、益原が唇の両端を引きあげた。今度のは苦笑ではなく、自分に対して自信ありげな確信めいたものだったので、つかの間瀬戸はその表情に見入ってしまった。

「失敗は、ものによってはさすがにへこみますけどね。俺は基本的にバッシング上等と思っているので。目の前に障害があるのって、かえって燃えたりしませんか？」

「いや……俺は、べつに」

「俺は、そういうの好きですけどね。叩《たた》かれると、よけいに頑張ろうって思えるし、トラブルを乗り越えると達成感をおぼえますから」

彼の言うことはわかるのだが、わが身に置き換えて考えればそうだと納得できかねる。とまどいながら、瀬戸は微妙な相槌《あいづち》を打ってみた。

「ああ……そんなもの、なんですか？」

「ええ。そんなものなんですよ」

言いきる益原に、瀬戸は感心してしまった。

（前のあれは取り消しだ。益原はやっぱり自分に自信がある）

プレッシャーを撥《は》ね返し、目標を果たせると本心から思っているから、彼はそう言えるのだ。

瀬戸はあらためて感嘆の念をおぼえ、つくづくと両者の違いを実感すると、かえって気がかるくなった。

（これだけ人種がことなるのなら、気を張ることもべつにないか）

苦手は苦手だが、最初からふたりは大きく違っているのだ。合わない点を意識するより、むしろ益原はそういうものだと思えばいい。

「明日……解析が進むようならメールをします」

またひとつ駅を過ぎ、瀬戸がぼそりと声を落とすと、益原はかるく眉《まゆ》をあげたあと、満足そうにうなずいた。

「待っています」

彼がそう言ったとき、ふいに電車が大きく揺れて、瀬戸の身体《からだ》がのけぞった。

「わっ」

身体を反らしてちいさく叫ぶと、すかさず益原の腕が伸び、ぐっと前に引き戻される。

「大丈夫です？」

益原の手のひらを背中に感じる。彼がとっさに手を出して、転ぶところを助けてくれた。

瀬戸がそれにあらためて気づいた瞬間、なにかの香りが鼻孔《びこう》をくすぐる。

（なんだ……？）

ほのかに甘いのに、なんだかむやみと刺激的で。身体のどこかをしたたかに揺り動かされるような匂い。

瀬戸はぞわりと皮膚が粟立《あわだ》つのを感じながら、彼の腕を反射的にひじで払う。無意識の瀬戸の仕草は、だからこそ加減が利かず、乱暴なものになった。

「あ……すみません」

かばった相手からひじで打たれた益原は、しかし気を悪くするでもなく手を浮かした姿勢のまま、どこか茫然《ぼうぜん》とした声音を洩らした。

「え、や。いいえ」

瀬戸はあわてて返しながら、自己嫌悪におちいった。

(俺はなにをやっているんだ)

いまのはただの親切だろうに。瀬戸は自分のしたことにとまどいつつも、これはさすがにこちらが悪いと自覚する。

「あの……すまなかった」

頭を下げてあやまると、益原があいまいな表情のまま首を振る。

「いえ、べつに。……こちらこそ」

彼もどこか面食らっているようだ。なんとなくといったふうに車窓を一瞥《いちべつ》したあとで、ふたたび瀬戸に視線を向けた。

「ええと。あなたはたしかつぎの駅で降りるんですよね」

「え、ええ。そうですが」

「瀬戸さんは最近ちゃんと食事をしてます？」

していなるとは断言できなくて、口ごもる。

「あ、まあ。その」

「もしよかったら、一緒に晩飯でもどうですか。美味《うま》い魚を食わせる店を知っているんで

す」

そんなことを益原が言ってきたが、瀬戸はその気になれなかった。

「いや、いいです。家に帰って、さっきの理論と頭のデータとの突き合わせをしたいので」

食事をするより、そちらのほうを先行させたい。明日までにはなんらかの収穫を得たいのだ。瀬戸がそう思って断ると、彼は微苦笑を頰に浮かべた。

「そうですね。今日はこれで。明日のメールを楽しみにしています」

益原はあっさり誘いを取り下げた。その直後に電車が駅にすべりこみ、まもなく瀬戸はホームに降りた。


ひとりで改札口を過ぎ、駅前の歩道に足を踏み出したとき、ふっとそれが腑《ふ》に落ちる。

（あれは、益原の気遣いなんだな）

瀬戸が疲れているように感じたから、食事に誘ってくれたのだ。

（もしかして、あのシュークリームもそういうことで……？）

いまさらながらそうしたことに気づいた刹那《せつな》、記憶に残った彼の香りが甦《よみがえ》った。

（美作の言うように、彼は育ちがよさそうで、人あたりもすごくいいのに。なんというかあの香りは……若い獣、みたいだったか……？）

そんなふうに思ったら、まるでそれにつられたみたいにべつの考えが浮きあがる。

（誰かが彼と寝るときも、あの香りを嗅《か》ぐのだろうな……）

そんな思考が脳裏で言葉になったとたん、瀬戸はひどくあせってしまった。

（いくらなんでも、同僚に失礼だ）

会社の人間は一緒にはたらく相手であって、そんな部分に踏みこむのは常識外だ。益原がどんなに女性にモテていたって、その手の個人的生活を瀬戸が勝手に想像するのは無礼でしかないだろう。

疲れているんだと、頭を振って、瀬戸は自分の部屋のある安アパートへの道を急いだ。

† †

それから五日間、電車のなかで、瀬戸がトラブル解消のきっかけを摑《つか》んでこのかた、益原は通常の営業業務をこなしながらも三鷹の研究所に日参していた。彼は自社の製造部にもみずからの人脈があるらしく、マシニングセンタの部品を一箇所改変するという瀬戸の言葉にしたがって、部材の調達にもひと役買ってくれたのだ。

製造部の購買課に無理を通して、最短で材料を仕入れたと聞いたのはもっとあとになってからだが、たぶん瀬戸の知らない場所でも彼は活動していたのだろう。予定よりもずっと短期で交換部品が仕上がって、瀬戸がプログラムの書き換えを終えたとき、あとはカザマ自動車でテストをするだけになっていた。

　そうして今日、カザマに向かう電車の中で吊《つ》り環《わ》に摑まり、瀬戸は思うともなくある人物の姿を脳裏に浮かばせていた。

　繊細な顔立ちに、ほっそりしたその肢体。少女めいてととのっている容姿のそれは、しかし二十歳《はたち》の男のもので——瀬戸のかつての恋人だった。

　男を恋人にしたことで、瀬戸は自分が同性に惹《ひ》かれる人間だと思っているが、異性に対してはじつのところはっきりとわからない。

　実家のある小田原の高校は理系コース。卒業後は都内の大学に入ったが、そこでも理工学という学部のためか、女子との触れ合いはほぼ皆無の状態だった。

　もちろん、女性慣れしていなくても、ある程度の年齢まで成長すれば、異性の存在に興味を持つのは普通だろう。しかし、瀬戸にはその『普通』がいつまでもやってこず、それでもまだ漠然とそのうち出会いがあるかもしれないと考えていた。

　他人より相当に奥手だが、まだ学生だし、女性と交際するよりも研究課題をこなすほうが面白いと感じるのなら、そこは無理に変えなくてもいいだろう。ほうっておいても、いつかなにかの機会がある。

　べつに困ってはいないのだし、と横着を決めこんでいた瀬戸の前に、ある日そうした出会いの場面がめぐってきた。それは、瀬戸が大学院の一年生になったとき、強引に駆り出された合コンで、真横の席に座っていた相手だった。

——退屈……？

——ああ、いや。まあ。

——でも、顔にそうだって書いてある。

綺麗な栗色の髪を掻《か》きあげ、すこしばかり悪い顔で笑った相手は、瀬戸にこの場を抜け出そうと言ってきた。

——ね。こっそりと抜け出しちゃおう？　それで、ふたりでおしゃべりしようよ。

膝の上に置いた手に、そっと手を重ねられ、ととのって華やかな顔立ちを近づけられれば、瀬戸はことわりきれなくてうなずくしかなくなった。

そして、瀬戸は合コンの場所にいた可愛《かわい》い彼女候補ではなく、誘ってきたその彼——向井《むかい》充輝《みつき》という青年と交際をはじめたのだ……。

（なんで……いまさら、彼のことを思い出して……）

いや、ことさらに考えたというよりも、ただたんに忘れられないでいるだけなのだ。

これがあるから……いつまで経っても想《おも》い出《で》には変えられない。

瀬戸が吊り環を摑んでいる自分の左手に目をやったとき、耳元で声がした。

「瀬戸さん、気分が悪いですか？」

首をめぐらせば、益原の端整な面差しが視界に入る。瀬戸は「いえ」とつぶやいてから、心配そうな彼の表情に気がついた。

（俺は、なにか言うべきか？）

柄にもなく瀬戸がそう思ったのは、いつしか益原になじんでいたせいだろうか。

最初はあんなにも気が合わないと感じていたのに、彼が隣にいることがさほど苦ではなくなっている。

瀬戸が徐々に益原の存在に慣れてきたのは、組んで仕事をしているためにしょっちゅう彼と接しているからである。それでもしばらくは苦手な気持ちが消えなかったが、五日前に彼への意識が少し変わった。

業務に関することだけでなく、彼は本当にこまやかな心根の男だと。うわべだけではないやさしさを持っている男じゃないかと、そんなふうに感じたのだ。

とっつきにくく面白みのない自分なのに、その心情の動きを察し、それを知るのが楽しいようなことを言う――そんな相手は初めてだった。

そのうえ瀬戸は電車のなかで転ぶところを助けられ、なのに彼を邪険な仕草で払ったが、そのときも怒られはしなかった。

（益原の性分なのかもしれないが、男の同僚に向けるには少々甘すぎる態度だな……まさか、俺を女の子みたいだと思っているわけでもあるまいが）

いたわられるのが面映ゆいのは、彼のそんな言動のせいだった。益原は女性をエスコートし慣れているから、たんなる同僚相手でもついついそうした様子になってしまうのだろう。

「……なんでもないです」

われながら愛想なく洩らしたが、彼はかるくうなずいて、安心したような笑顔を見せる。

（そんなに気遣いしなくてていいのに。疲れているのは彼だっておなじはずだが……）

しかし、益原は自分が疲れたところなどいっさい出そうとしなかった。どんなに多忙のさなかでも、こうして瀬戸の状態をさりげなく配慮してくる。

こちらとくらべて身体つきがしっかりした益原は体力的にすぐれているのもあるのだろうが、なによりもひととしての活力が勝《まさ》っているのだ。

（なんだろうな……俺もすこしだけ……疲れているから、昔を思い出したのか……？）

忘れられない想い出とはいえ、それればかり反芻《はんすう》しているわけではない。男とつきあっていた過去のできごとを甦らせて、自分がゲイだと意識したのは……どういう理由か。

それは考えたくなくて、瀬戸は自分から隣の男に話しかけた。

「部品はもう届いていますか」

「ええ。時刻どおりにはじめられると思いますよ」

カザマ自動車も瀬戸の勤める万代精機とおなじように二十四時間の生産体制を取っている。当然製造ラインは休みなく稼働《かどう》するが、問題のある場所を一時間だけ停止して部品交換をおこなう予定になっていた。交換作業はカザマの工員が実施するから、瀬戸はその際にプログラムの改変に取りかかる段取りを組んでいるのだ。

「心配ですか?」

聞いてきたのは益原で、彼はどうかなとうかがうように瀬戸の眸をのぞきこむ。

「いいえ」と短く返したら「ですよね」と彼が口角をあげてみせた。

「俺も心配していません。瀬戸さんの解析と、その対策は完璧ですよ。今日のテストは絶対にうまくいきます」

自信ありげに益原が太鼓判を捺《お》してくる。失敗する可能性もないわけではないだろうに、どうしてだろうと見返すと、瀬戸の気持ちを読んだように益原が言ってきた。

「瀬戸さんですから……と、いうのがその理由になりませんか?」

「俺、だから……?」

「はい。あなただから」

あいまいな返答は、瀬戸の感性に合わないものだ。すっきりしない気分になって、知らず眉間《みけん》に皺《しわ》を寄せると、益原が苦笑した。

「瀬戸さんには明確に言わないと駄目ですね」

彼はそう前置きし、夕暮れの日差しを頬にあてながら告げてくる。

「瀬戸さんは社内では有名ですよ。うちだけじゃなく、外部にもあなたのことを知る人間はたくさんいます」

「俺を……?」

意外に思って問い返したら、彼は当然と言わんばかりにうなずいた。

「ええ。そうですよ」

そのあとまもなく降りるべき駅に着き、ホームを並んで歩きながら、益原がさっきの話題をふたたび持ち出す。

「だって、そうでしょう？　日本機械学会の会誌に載せる論文は、出すたびに皆の注目を集めていますし。あなたが開発した高精度複合加工機は、今年度の機械工業デザイン賞を受賞しました。ほかにも、独自のミーリング機構を持つ切削機とか、ナノレベルでの可動制御装置とか」

「……よく、知っているんですね」

「だから、俺だけじゃないんですよ」

益原は、まいったなとつぶやきながら、ダークブラウンの髪に手をやり無造作に掻きあげた。

「本人に自覚がないのも、らしいっちゃ、らしいけど。得意先でも時折あなたの話が出ますよ。万代精機の瀬戸閑《しずか》って、こっちの専門家のあいだでは『二十年にひとりの逸材《いつざい》』の扱いですから」

思いがけない評価には、照れるよりも茫然としてしまう。

階段を下り、改札口に向かったあたりで、ようやく反論を思いついた。

「そのわりには……最初に会ってすぐ俺にがみがみ言っていました」

むすっとして瀬戸が洩らせば、「それはね」と益原が苦笑しながら述べてくる。

「技術的なことはともかく、営業センスは壊滅的でしたから。これはいろいろ言っとかないと駄目かなあって」

その指摘には反駁《はんばく》できず、無言のまま改札機に切符を通す。ラッシュには少し早い駅前は、買い物客や学生がほとんどで、スーツ姿のふたりはそのなかをバス停まで向かっていった。

「……それに、八つ当たりもあったかな」

「え……？」

一歩先を行く男の声が聞き取れず、瀬戸は顎《あご》をあげ気味にして目を瞠る。すると、益原が顔だけをこちらに向けて「なんでもないです」と微笑した。

おかしくないのに笑ったような表情に、瀬戸が困惑して目を見ひらくと、彼は顔つきをあらためた。

「それよりも、さっきの話で言うべきことがあったって気がつきました」

「言うべきことって？」

聞いたら、彼は歩をゆるめ、瀬戸の横から視線を合わせる。

「おぼえているとは思いますけど、今夜は先方の皆さまを招待しての食事会です。あちらは製造技術部の部長さんと、品質保証課の課長さん。それに、管理本部から課長さんが出席される予定ですよね」

さらに益原は、迎えるこちらは自分と瀬戸、それから営業部の部長が店で合流する手はずだと念押ししてきた。

「俺たちは接待する側ですからね。言葉にも態度にも充分注意を払ってください。相手はお客さま。それを忘れないように」

聞き分けのない子供にでも言うような台詞には、反射的にむかついた。

「そんなことはわかっていますが」

むっとして返したら、さらに腹が立つことに、抗議の言葉を彼は「はいはい」といなしてしまう。

「お酌《しやく》をしろとか、お世辞を言えとは頼みませんから。せめて、客前ではそんな顔を見せないでくださいね」

「そんな顔って、どんなのですか」

わからないから訊ねたのに、彼は肩をすくめてみせただけだった。

(この男のすることになじんだなんて、いったい誰が思ったんだ)

憤然として、瀬戸は内心でつぶやいた。

(やっぱり益原はやりにくい)

気が合わない、苦手なタイプ。そして、益原もこちらのことをおなじように思っているとわかるから、なおさら苛立ちが増してくる。

「そんなに心配するのなら、俺を接待に駆り出さなきゃいいんだろうに」

心の中で言ったつもりが、つい口に出ていたらしい。

「そうできるなら、そうしていますよ。あなたがこの件の担当者じゃなかったら、ですけどね」

もの知らずと言わんばかりの彼の口調に、腹立ちが膨れあがる。ふんと顔をそむけたら、近づくバスのエンジン音にまぎれるようなごく低いつぶやきが耳に入った。

「……めんどくさっ」

どっちがだ。とっさにそう思ったが、それは言葉にしなかった。代わりに瀬戸はもう一回鼻息を吹き出すと、バスに乗って降りるまで、益原を見ようともせずむっつりと押し黙ったままでいた。

† †

カザマ自動車の工場で、マシニングセンタの部品をひとところ交換し、プログラムの書き換えを終わらせる。それだけ済ませれば、あとは実地の稼働テストをおこなう流れだ。

これで部品製造のクオリティが高まれば、不適合品解消の目途《めど》が立ったことになる。

瀬戸が変更したプログラムの最終確認をしていると、背後で益原の声が聞こえた。

「そちらさまにはたいへんご迷惑をおかけして恐縮でしたが、これでこのたびの問題は解決します。このあとは引きつづき、フォローアップにつとめていきたいと思っております」

自信ありげな男の声に、相手側の品保《ひんぽ》課長が「うん。そうか」と応じている。

これまでのかかわりで、益原の言動が説得力にあふれているのは瀬戸も充分知らされた。彼の声音は生気に満ち、話の内容は明快で、ダークブラウンの眸には相手をとらえて自分に惹きつける力がある。

案の定、このときも益原の営業トークは、カザマ自動車の面々を満足させていたようだった。

「交換作業終了です」

「工員、全員退出しました！」

「第三ライン、再稼働準備よし！」

「目視《もくし》よし。異常なし」

「稼働スタート！」

作業員の確認の声がつづき、ついで、機械が動きはじめる。一段高いガラス窓からその光景を見下ろして、皆は肩の力を抜いた。

「これで、とりあえず一件落着ということですな」

「ありがとうございます。お手数をおかけしました」

「変更後の歩留まり率次第では、ほかのラインでの入れ替えも検討させてもらえますか」

「はい。そのように連絡してくださいましたら、いつでも処置させていただきます」

「そのときは、期間と費用の見積もりをお願いしますよ」

今度はクレーム処理ではないので、有償《ゆうしょう》のサポートとなる。たぶん益原はこの件をたんなる苦情処理だけには終わらせず、つぎのビジネスに繋げていくに違いない。

(トラブルをチャンスに変える、か)

顧客の不満を期待値以上に解消し、それをきっかけに商機《しょうき》を摑む。これまで何度も感じたことだが、本当に益原はできる営業マンなのだ。

制御装置の前に腰かけ、瀬戸が感心していると、通路を誰かが歩いてくる音がした。ふっと瀬戸がそちらに目を向け——その刹那、息がとまった。

(充輝……⁉)

一見して上等だと思われるスーツを身に着けた若い男。栗色の髪こそ黒に戻していたが、六年前に見たときとくらべてもその華やかな雰囲気は変わっていない。

ふたりが初めて会ったとき、二十歳の充輝は同年代の女性と変わらぬ印象だった。あのころにくらべれば、女っぽさはさすがに薄れていたようだったが、彼はいかつい男になることはなく、綺麗な顔の青年に成長していた。

瀬戸が全身を凍らせて座っていると、益原がすっと傍に寄ってきて、低いささやきを落としてくる。

「瀬戸さん……どうしました?」

それになんと返したのかはわからない。ただ、目の前にある彼から目が離せない。

(充輝が、なぜ……)

動揺する瀬戸には気づいているのだろうに、充輝はなにごともないように益原に視線を向けた。

「はじめまして。管理本部係長の向井です。今日はよろしくお願いします」

にこ、と唇の両端をあげてから、充輝が益原に名刺を差し出す。

「弊社管理本部の課長が、あいにく本日は出張で。申しわけございませんが、今夜の食事にはわたしが出させていただきます」

「そうですか。こちらこそよろしくお願いいたします」

名刺の交換を終えてから、益原が瀬戸のほうに視線をめぐらす。

「こちらは弊社《へいしゃ》の開発グループの――」

「ああ。紹介はいりませんよ」

益原をさえぎって、充輝が悠然と手を差し伸べる。

「おひさしぶり。瀬戸先輩」

握手をするために出された手を、しかし瀬戸はじっと見ているだけだった。立ちあがることもしない。あまりのことに現実感がなくなって、身体が動こうとしないのだ。

非礼だととがめるはずの益原は、けれども瀬戸にはなにも言わず、ふたりのあいだに割り入って、ごくおだやかな調子で充輝に話しかける。

「それで、向井係長。先ほど御社より、このたびの精度向上にともなう仕様改変の引き合いがございました。その折には、またお手数をおかけするかと存じますが、よろしくお願いいたします」

「そうですね。そのときにはこちらからもいろいろと申し出ることがあるかとも思います。こうして優秀な技術者さんも御社にはおられますし、弊社としても大変心強いです」

恐れ入りますと、益原が応じるのを聞きながら、瀬戸はようやく動いた身体を制御盤に向き直らせた。

(……二十六歳でカザマ自動車の係長か……。そういえば、以前に充輝は父親が大きな会社の役員だと自慢していた……もしかしたら、縁故採用とか、そういうのかもしれないな……)

当時の充輝はいわゆるブルジョアな暮らしをしていた。大学も内部からの持ちあがりで、バイトはせず、夏冬には別荘に遊びに行くような生活だった。いつもおしゃれな服装で、学内にいるときは幼稚舎からの友達とつるんでいると、瀬戸は彼から聞かされていた。

苦労知らずな、そのぶん優雅な雰囲気を身にまとう良家の子弟。大きくて、目尻《めじり》が吊り気味の彼の眸は、瀬戸にはまるで血統書つきの猫みたいだと思えていたのだ。

気まぐれで。感情的で。自身の思いのままに相手を振りまわすのが好きな性格。それが可愛いと思えるのか、我儘《わがまま》と感じるのかは紙一重だが、充輝の見かけとその媚態《びたい》に幻惑されて、結局は許してしまう人間がほとんどだろう。

実際、充輝は甘やかされるのに慣れていて、他人にかろんじられるのは我慢ならない性質だった。

(まさか、彼と仕事で会うとは……思ったこともなかったな)

繰り言めいたそんなつぶやきが浮かんでくるのは、目の前のできごとから逃避したいからだろう。仕事でのかかわりがある以上、彼に背を向けるのも限度があると知っていて、それでも瀬戸は制御盤の計器から目を離すことができない。

(充輝は、俺が……万代精機にいることを、知っていたのか……?)

そうだとも、違うとも、言えなかった。瀬戸が大学院二年のときに彼とは別れ、その後は会うこともなかったからだ。

あのとき、充輝はおなじ大学の三年だった。愕然《がくぜん》と悲鳴をあげていた表情が、彼についての最後の記憶だ。

——おっ、俺はっ、違うから……っ!

——そうだ、充輝。これは、事故だ。

——こ、こんなのっ俺のせいじゃない！

金切り声で自分をかばう充輝の姿と……手を、腕を、したたかに濡《ぬ》らしていく赤い色が瀬戸の眸に映じていた。

——閑っ、嫌だ……！　俺、怖い……っ。

引きつる顔を、しかし瀬戸はゆるめてやることはできなかった。床も壁も飛散した鮮血に染まっている。こんなにもいきおいよく血液が噴き出すものかと、茫洋《ぼうよう》と眺める視野が、しだいにゆがみ、霞《かす》んでいった。

（ああ、真っ赤だな……血中の赤血球は、ヘモグロビンをふくんでいるから……ヘム鉄錯体《てつさくたい》とグロビンのうち、赤いのはヘムのほうで……それが、赤く……）

場違いな解説を頭のなかに浮かべながら、ゆっくりとくずおれていく自分の身体。ひとつの関係の終わりをたしかに感じながら、けれども瀬戸は、どこかほっとした気持ちでいたのだ……。

「——と、さん。瀬戸さん」

ひそめた声が耳を打ち、はっとしてまばたきする。

「ああ……。なんですか」

なかば茫然と声を発して、横を向く。すると、端整な男の顔が隣にあった。彼は一瞬目を細め、それから低くささやいてくる。

「中座しますか……？」

そうしてもいいのだと目顔で告げる男の顔を視界に入れて、瀬戸はようやくいまの状況を呑みこんだ。

（そうか。あのあとで、食事会があるからと）

今夜の接待は料亭での会席料理で、そしていま、生け花と掛け軸が飾られた和室では、大きな座卓をはさんで、接待する側とされる側とが向き合って座を占めている。瀬戸はいちばん端の席で、隣には益原が、真向かいの席には充輝が座っていた。

自失したまま、それでも瀬戸は機械的に業務をこなし、この時間までどうにかそつなく過ごせていたようだった。

「いえ……大丈夫」

つぶやく声は他人のもののように聞こえる。

益原は刹那に眸の光を強め、それからゆっくりと視線をはずした。

「いやあ。益原さんも、瀬戸さんも、お若いのにしっかりしていて、頼もしい。御社がうらやましいですな」

「いやいや、そうおっしゃってくださいますと、かえって恐縮いたしますよ。まだまだ勉強中ですが、これを機会にひとつご指導をお願いします」

カザマ工場の製造部長の言葉に応じて、万代精機の営業部長が会釈する。それからどうぞとビールを差し出し、相手のコップにそれをそそいだ。

「そういえば、益原さんは、ゴルフをおやりになるんですか？」

「はい。することはするんですが、最近は社内コンペに参加するのが精いっぱいです」

「それじゃあ、今度は、わたくしどもの企業交流コンペにもご参加ください」

「ありがとうございます。ぜひよろしくお願いします」

そんな会話をかわすころには、接待するほうもされるほうもすっかり打ち解けていて、口の重い瀬戸はともかく、笑い声もしばしば起きる明るい雰囲気になっていた。

「瀬戸さんも、ゴルフに参加してくださいよ」

「……いえ、その」

ななめ向かいの品質保証課長から話を振られ、瀬戸は困って口ごもった。

できないとも、しないとも、言いきってはまずいのだろうが、婉曲《えんきょく》に話題を逸《そ》らす方法がわからない。ましてや、今夜は現実感がとぼしくて、なんとなく余所事《よそごと》を見ているような気分だった。

じょうずな返答もできないで、作業服からスーツ姿になっている品保課長を眺めていると、隣の益原がなにか言う気配があった。

「瀬戸——」

「先輩は、たぶんゴルフはしないだろうと思いますよ」

益原の声にかぶせて充輝が言った。

「学生時代はスポーツに興味のないひとでしたから」

微笑みながら、瀬戸に向けてくる彼の視線。口元は笑っているのに、眸には笑みの影さえ浮かんでいない充輝の顔を視野に入れると、瀬戸の背筋が思わず震えた。

――スキーに行くのは嫌だって？　だけど、この前もことわったよね。俺とどこかに行くのは嫌い？

瀬戸を追い詰めるのが得意だった充輝のあの表情が、いまの青年の姿に重なる。彼は変わっていないのだと、知らしめてくるその気配が恐ろしく、瀬戸は膝の上にある自分の両手を握り締めた。

「先輩って？　向井くんは瀬戸さんと同学だったか？」

瀬戸の心情には気づくことなく、ビールから日本酒に替えていた製造部長が聞いてくる。すでに結構飲んでいるのか、顔が赤くなっていた。

「ええ、そうなんです。わたしは文学部だったから、学部は違いますけどね。瀬戸先輩が大学院にいるときに知り合ったんです」

「それでは、うちの瀬戸くんと、そのあとも友達同士のつきあいを？」

自社の営業部長が聞くと、いいえと充輝がかぶりを振った。

「先輩は修士論文の準備なんかで、忙しくなりましたから。一緒に遊んでもらったのは、一年間くらいですよ」

正面から瀬戸を見て、充輝が「ね？」と視線で同意をもとめてくる。瀬戸は固まっていた首の筋を意志の力で動かした。

「それなら、たまたま、ひさしぶりに出会ったわけだ」

それじゃあ、すごい偶然に乾杯しようか。そんなことを製造部長が言い出して、皆が盃に酒を満たそうとしはじめる。

「ああ、すみません。せっかくですから、先輩にお願いします」

酌をしかけた益原を笑顔で制し、充輝が盃を持ちあげる。ちらと、益原がうかがうような視線を瀬戸に向けてきた。

どうしますかと、目で問う彼に、銚子《ちょうし》を持ちあげることで応《こた》える。

（大丈夫、だ）

気遣わしげな、けれども同時に、瀬戸がなにを言おうとしようと、フォローはできるというような自信をひそめた彼の表情。瀬戸がそれをみとめた瞬間、波立つ気持ちがおさまった。

思えば、瀬戸が充輝を見てからこれほど変調をきたしていたのに、機械的にでも業務をこなしてこの場まで来られたのは、彼がごくさりげなく手を貸しつづけてくれたからだ。

「……どうぞ」

腰を浮かせて、身を乗り出すと、充輝が盃を持つほうとべつの手を伸ばしてきた。

「ね。これって、どうなりました……？」

ひじをまげて宙に浮かせた左の腕に充輝の指が触れようとする。

（さ、わる……な）

叫びたいが、充輝は客で、ここは接待の場所だった。かろうじて瀬戸がこらえて、硬直すると、充輝はにこやかに笑みながら、さらに腕を伸べてくる。

（やめてくれ……っ）

充輝の指が左手首の腕時計に近づいてくる。ワイシャツの袖口に触れられた瞬間に、瀬戸はびくっと身を引いた。

「……わっ」

ゴトン、と音がして、卓上にぶつかった銚子が転がる。瀬戸の落とした酒の器が座卓の上をしたたかに濡らしていって、充輝の膝にまでその被害をおよぼしたのだ。充輝がちいさく叫びを洩らすと、営業部長が粟を食って膝立ちになる。

「す、すみません！」

「ああ、いえ。大丈夫」

「服を汚してしまいましたか」

血相変えた営業部長は大あわてで仲居を呼んで「なにか拭《ふ》くものを」と言いつけた。

「ほら、瀬戸くんもお詫《わ》びして！」

謝罪もせずに瀬戸がじっとしていると、営業部長が叱りつける。

瀬戸がはっとして、口をひらきかけたとき、充輝があげた手を横に振った。

「べつに平気です。ほとんど濡れていませんから」

「ですが」

「ほんとになんともありません。……ちょっと手を洗ってきますね」

感じのいい笑顔を見せて、すっと充輝が立ちあがる。すらりとした彼の姿が廊下に消えると、営業部長はまなじりを吊りあげて瀬戸を見た。

「あとを追いかけて、様子をお訊ねしてきなさい」

それには「はい」と言うしかなく、座卓を拭いている着物姿の仲居の横から瀬戸も廊下に出ていった。

(手を洗うと言っていたから)

思ったとおり、充輝は洗面所のなかにいた。鏡の前に立っていて、こちらに横顔を見せている。

「充輝……」

無自覚に瀬戸が声を投げかけると、姿勢を変えてにこりと笑う。

「関はまだ、俺のことをそう呼んでくれるんだ」

瞬間、瀬戸はしまったと唇を嚙《か》み締めた。

充輝、ではなく、『向井さん』と呼ぶべきだった。六年間をいっきにちぢめる呼びかけはしないほうがよかったのに。

「あれから閑がどうしているか、俺はずっと気になってたよ」

嘘だとも、それはそうだろうとも、瀬戸には判断がつかなかった。ただ、あんなことがあったから、忘れられずにはいたはずだ。

――充輝、きみのせいじゃない……。

流れ出す液体が瀬戸の手足から力を奪い、喪失感と、奇妙な安堵《あんど》を代わりにあたえた。赤いものが発する臭《にお》いと、おびえて泣く声とがまじる部屋。

あの折の光景が目の前に浮かぶようで、瀬戸の皮膚が粟立った。

「ほんとはすぐにも会いに行きたかったけど、閑に申しわけなくて……とても顔が出せなかった」

しょんぼりと肩を落とす充輝の前で、瀬戸はしかし、指一本動かせない。

「俺をもう……許せない？」

上目使いにうかがう仕草は別れる前と変わらない。けれども、ここにいる青年は二十六歳になっていて、記憶の映像とかぶるぶんだけ、よけいに違和感をおぼえてしまう。

「カザマ自動車に、入ったのは……お父さんがいたからか……？」

こう聞いたのは、話題を変えるためだけだった。充輝は一瞬、唇をまげてから、困ったような笑顔をつくった——しかたがないなあというように。なにごとも不器用な瀬戸だけど、大目に見てあげるからと言わんばかりに。

そうされると、かつての瀬戸は自分に非があるのだと感じたが、今回もまたおなじような気持ちになった。

「そうだよ。俺の父親は本社で専務をしてるんだ。だから、俺も二十六で係長……そんなことが聞きたかった？」

「あ……すまない」

反射的にあやまると、充輝は「いいよ」と許しの視線を向けてくる。

「いつものことだから。閑には悪気がないのはわかっているし」

六年前をトレースするようなふたりの会話に、瀬戸はかるく目眩《めまい》を起こした。

「充輝……」

待ってくれと言いたかった。なにを待つのかわからないが、ともかくこのまま流されていきたくない。なのに、瀬戸が言葉を探しているうちに、充輝は自分の服の襟をちょっと摘《つ》まんで、この格好はおかしくないかと聞いてきた。

「スーツ姿は見せたことがなかっただろう？　似合わないって、思わない？」

「いや……べつに、おかしくはない」

言いたいことはそれではないが、質問されたから返事した。しかし、瀬戸のしたことはきっとまずかったのだろう。

「本当……？」と充輝の眸が期待に満ちてかがやいたから。

「閑もそのスーツ、似合っているよ。ちょっと……大学の講師みたいな雰囲気だけど」

でも、それも閑らしい。見つめてくるまなざしは、熱と艶《つや》とを帯びていて、瀬戸は当惑してまばたきをくり返した。

（そうじゃない。なにかが違う）

おそらくは、決定的な事柄が。

「みつ……」

手をあげかけて、けれどもつぎの行動が見つからない。

（違うんだ）

こんなふうにふたりして、見つめ合うのはおかしいんだ。なぜなら、あのとき……。

混乱したまま、瀬戸が棒立ちになっていると、充輝が輪郭のはっきりした薄い唇を動かした。

「閑の噂《うわさ》は聞いていたよ。万代精機にはすごく優秀な技術者がいるってね。国内では機械業界の賞をいくつも取っているし、アメリカの学会でもあなたの研究論文が発表されているんだって」

だ。

精緻《せいち》にととのった容貌《ようぼう》の青年が、真摯に、かつ熱心な口調でしゃべりかけている。なんの翳《かげ》りも感じられない彼の姿は、まるで遠距離に住む恋人とひさしぶりに会えたようだ。

（違う……違う）

瀬戸は無意識に首を振る。たぶん顔は強張《こわば》っていただろう。なのに、眼前の充輝ばかりはにこやかな様子をくずさず、瀬戸の腕に触れてきた。

「ね。この会が終わったら、ふたりだけで……」

「さわらないでくれ……！」

伸ばした手を乱暴にはじかれて、充輝はくしゃりと顔をゆがめた。

「……ごめん、なさい……悪かった……よ」

「あ、いや」

あまりにも充輝が素直にあやまったのと、目に見えて悄然《しょうぜん》としたために、こちらもいきおいが殺《そ》がれてしまう。つぎの対応に困ったら、哀しそうな顔をした充輝がおずおずと聞いてきた。

「あのことがあったから……閑はいまでも俺が憎い？」

「憎いとは……思わないが」

つぶやく瀬戸の脳裏には過去の映像が浮かんでいた。

――母さん、助けて。なんとかして……！

――俺じゃない！　閑が勝手に手を出したから……！

手にした携帯電話に向かって泣き叫ぶ充輝の姿。瀬戸はゆっくり首を振り、記憶の情景を消し去った。

「だったら、俺を許してくれる？」

身を乗り出して充輝が瀬戸に訊ねてくる。まるで、本当にそのことだけを願っているかのようだった。

「俺は……」

「別れてからも、ずっと忘れられなかった。閑のことばかり思い出した」

充輝は足を動かしていないのに、ずい、と前に踏みこまれたような気がした。おぼえず瀬戸は一歩しりぞく。

「ねえ……また俺とつきあうなんて、閑はそんなの無理だと思う？」

うなずいたのは無意識だが、本心だった。

「無理だ」

「どうして？」

充輝の眸に剣呑《けんのん》な光が生じる。瀬戸は背筋に悪寒をおぼえた。

「俺が年食って、みっともなくなったから？」

そうじゃないとは、心のなかだけで思ったが、充輝にそれはつたわったようだった。実年齢より若く見える、美青年と言いきってもさしつかえのない姿の男は、満足そうに微笑する。

「違うんなら、なんで駄目？　もう俺が欲しくない？」

「……欲しくない」

問いは二択だったから、自分の気持ちに沿うほうを選んだが、充輝にとっての正解ではなかったらしい。さっと頰に血をのぼらせて、瀬戸に尖《とが》った目を向ける。

「わかったよ。閑は俺に仕返しをしてるんだ。あのとき、俺が閑を傷つけてしまったから、そのお返しに、わざと俺を痛めつけようとしてるんだろう？」

「違う」

「だったら、どうしてそんなことを言うんだよ」

どうしては、瀬戸のほうが聞きたかった。自分の気持ちを正直に話しているのに、充輝にはつたわらない。会話はつねにななめにずれて、どこまでも終わらないらせん階段のようになる。

むなしさと疲れだけが胸に満ちたあのころを思い出したくないというのに、充輝はまたあれをくり返すつもりでいるのか。

「きみを憎いとも、嫌いだとも思わない」

「それなら……！」

いきおいこんだ充輝の前で「だけど」と瀬戸は言を継ぐ。

「もう終わったんだ。あのことは、あれで終わった」

それ以上、言うべきことはないと思った。忘れられこそしないものの、充輝とふたたびつきあう事態は、予想も、望みもしなかった。なのに充輝は「終わってない」と食いさがる。

「最初からやり直そう。もう一度ふたりが会えた、これこそが運命だろう？」

「運命じゃない。これはただの偶然だ」

しかも、瀬戸はこんな偶然を望まなかった。もう誰ともつきあわず、静かに暮らしていたかったのだ。

「だから、その偶然が特別なことじゃないか」

「取引のあるふたつの会社にそれぞれがいたのなら、たまたま出会うこともある。要は確率の問題で、特別な事例ではない」

できるだけ理性的に述べてみたつもりだが、充輝から「俺にとっては特別なんだ」と言いきられたら、つぎの言葉が出なくなる。瀬戸は困り果て、視線を無駄にうろつかせた。

（どう言えば……）

語彙《ごい》が決定的に足りていない自分では、今度もまた充輝を説得できそうにない。

（……もしも……あの男だったなら、充輝を説き伏せることもできるか……？）

ふっと、そんな思いを浮かべた瞬間、まさにその男の声が瀬戸の耳に飛びこんできた。

「向井さん、いかがですか?」

瀬戸と充輝が同時にそちらのほうを向く。いつからそこに立っていたのか。話に気を取られ、彼が様子を見るために追いかけてきたこともわからなかった。

(益原……!?)

驚くあまり、まともな思考が飛んでしまって、瀬戸はただ茫然とそこに立ちすくんでいるだけだ。しかし、彼はそんな瀬戸の状態には気づかぬふうに、ごく真面目な顔つきで充輝の傍に寄ってきた。

「弊社の者が不調法《ぶちょうほう》をいたしました。私からもお詫びします」

益原から頭を下げられ、スーツの具合を訊ねられ、充輝はカザマ自動車の社員としての自分を思い起こしたようだ。

「あ、平気です。さほど濡れてはいませんから」

「そうですか。タオルをお持ちしましたから、よろしければお使いください」

「いえ、もう本当に。お気遣いなく」

そんなやりとりをしたのちに、益原にうながされるまま充輝は洗面所の出口に向かう。

「瀬戸さんも」

振り返り、まなざしを向けてくる男の声は落ち着いている。なにも見ず、聞かなかったというような彼の態度に安堵して、けれども同時に(そうなのか?)とも思ってしまう。

（充輝としゃべっていた声は耳に届いていなかったのか……？）

彼ならば、たとえ聞いていたとしても、知らん顔をするくらいの知恵も技量もあるだろう。
益原の背中を追って歩きながら、瀬戸は失敗したと感じた。
考えるまでもなく、充輝も瀬戸もうかつすぎる言動だった。いつ誰が来るのかもわからないあんな場所で、男同士がつきあっていたという事実を語り合うなどと。
もちろん瀬戸が積極的に話したかったわけではなく、充輝に応じていただけだったが、こんなところでと撥ねつけないでいたことは、たしかにこちらの落ち度だった。

（でも、たぶん……）

瀬戸が手厳しく拒絶しきれなかったのは、充輝に対してやましい気持ちがあるからだ。
結局なにひとつ思うとおりになってやれず、不満ばかり積みあげさせた、あのころの自分もたしかに悪かったのだと感じている。
このうえ、傷つけるのは嫌だなんて思ってしまう、自分は偽善者なのだろうか。

（むずかしい、な……）

工作機の精度を高める方法は見つけたが、今度のこれはそう簡単に解けそうにない。

（そのうえ、充輝とのかかわりを益原の耳に入れたか……？）

どこから聞かれたかは不明だが、ふたりのあいだに普通ではないいきさつがあることくらいはわかっただろう。

ため息をつきながら、瀬戸はそれでも益原に口どめしようとは思わなかった。もしも彼が先ほどの会話から、瀬戸と充輝との関係を知ったとしても、面白おかしく他人に言いふらすことはしない。

瀬戸はそのことだけは疑う気持ちがしなかった。感性の違いはともかく、彼は社会人として、人間として、信頼できる男だからだ。

重苦しいものをいっぱいに詰めこんだ瀬戸のなかで、いまはそれだけが唯一の救いだった。

† †

それから一カ月が経過して、瀬戸はまたしても研究所での仕事に明け暮れる毎日に戻っていた。クレーム解析の依頼はあれから一件あったが、べつの企業で、担当者も違っており、出張の要請なしに問題は片づいた。やりかけていた開発の作業も進み、仕事の上では平穏な日常が帰ってきたと言えるだろう。

あのときの接待に関しては、瀬戸の失態があったものの、さほどおおごとになることもなく、最後はなごやかに終わっていた。

営業部長も酒の席でのミスだからと、とくに瀬戸をとがめないで済ませたのは、充輝が『ひさしぶりに先輩と話ができて楽しかった』と座敷に戻って機嫌よくしていたためだ。

そんなことから顧客の心証を悪くすることもなく、無事夕食会はおひらきとなり、瀬戸はセールスエンジニアの立場から解放された。当然、益原とはその場で協力関係の解消となり、あれ以後彼とは会っていない。

彼ならきっとと思ったとおり、瀬戸に関しておかしな噂が立つこともなく、もしかしたらなにも聞いてはいなかったのかと、いまではそんな考えを持つようにもなっている。

（あるいは、どうでもよかったか）

瀬戸と充輝になにやらいわくがありそうだったが、彼らのことには関心がない。なにがどうでも勝手にしてくれ。そのように思ったのかもしれなかった。

「瀬戸さん。今日は益原さんが来そうですね」

「え……」

食堂に向かう途中で、追いついてきた美作がそんなことを言ってくる。

彼の名前を聞いた瞬間、心臓が跳ねたのは、あの晩の気まずさを引きずっているせいか。

瀬戸は平静な顔をつくって「連絡があったのか」と問いかけた。

「いやまあ、ないんですけどね。研究所の女子たちの髪に気合いが入っているから」

そんなことで、と瀬戸は思い、たぶんそれが表情にも出ていたらしい。あきれられたと感じたのか、美作が口を尖らせ「きっとそうです」と言いきった。

「女子社員の情報網はなかなかあなどれないものですよ。昼前に、他部署の女子がメモをまわしに来ましたからね。そのあと急にヘアスタイルがバージョンアップしたんです」

聞いて、本当に瀬戸はあきれた。ひとの髪型に、女子社員が内輪話をする様子。よくもまあそんなことに気づくものだと感心もする。

「根拠もなしに、益原さんが来所すると判断するのか？　なにもない、もしくはべつの誰かという可能性もあるだろう」

そう言ったのは、来るのが益原でなければいいと思うからだ。正直、彼に会ったとき、どんな顔をすればいいのかわからない。

（落ち着け。これはあくまでも予想の内だ。たとえ美作の想像があたりとしても、研究所に顔を出すとは限らない）

瀬戸のそんな希望的観測は、しかし裏切られる予定になっていたらしい。昼の休憩が終わってまもなく、益原が研究所を訪れたのだ。

相変わらず所内のみんなに愛想よく挨拶し、彼らからも気軽に話しかけられている。カザマ自動車の案件で、以前はちょくちょくここへも顔を出したから、こちらの所員とはすっかり打ち解けているようだ。

「益原、どうだ。がっつり売って稼いでいるか」

「ええまあ。がっつりとはいかないですけど、どうにかこうにかやってます」

「とか言って、ついこないだは田之倉《たのくら》重機とでっかい契約をかわしたろうが。今日はその絡みで来たのか」

　グループ長の太田ともそんな会話をしているのが聞こえてくる。

　太田は地声が大きいし、益原は声がよく通るから、離れた場所で背を向けて座っていても、彼らの話が瀬戸の耳に入ってしまう。しばらくしゃべっていたあとで、太田が笑みをふくんだ口調で益原に駄目出しをした。

「ばっかだな。製造の荒木《あらき》主任に頼むときには、そんなふうに言っても無駄だぞ」

「なにかいい手があるんですか？」

「教えてやるけど、ただじゃ嫌だな」

「そう来るかと思ったんで、はい、これを」

「なんだ、そいつは」

「福崎屋《ふくさきや》のバームクーヘン。以前に好きだと言ってたでしょう？」

「おまえは、ほんとに……抜かりがないな」

「営業ですから」

　こんな会話をいちいち気にして手をとめる、自分はどうかしていると思うけれど、益原がいることを意識せずにはいられなかった。

「瀬戸さん。どうです、あたったでしょう」

　あえて振り向くことはせず、うつむいたままでいると、小柄な美作がうれしそうに瀬戸の傍に寄ってくる。

素直で明るい性格の美作は、瀬戸が無口でそっけなくても、さほど気にせず話しかける。出た大学こそ違っているが、彼もおなじく工学部出身で、なにかの折に『もっと無口なタイプの友達がいますので』とさらりと瀬戸に告げていた。

「なんていうか……益原さんがここにいると、所内が活気づきますね。なんだか雰囲気がいっきに明るくなる感じ」

それは否定できないが、うなずく気にもなれないで、瀬戸は計測器を見たままだ。

「ねえ、瀬戸さん。あっちに行って、バームクーヘンを食べませんか。あそこのは、しっとりしてておいしいですよ。ちいさな店でつくっているから、一日の数量限定なんだけど、口コミとかですごく人気があるんです」

「俺はいい」

でも、と美作が言ったとき、後ろから声がした。

「そう言わずにどうですか。ひと口くらい試してみたら？」

いつの間にか益原が近づいていたらしい。きゅっと胃袋がちぢむような感覚がして、瀬戸は唇を噛み締めた。

「なんだったら、ひと切れぶんだけ、俺がここに持ってきますよ」

瀬戸がかたくなに益原を無視していると、おだやかな調子の声が耳に届いた。

気にしなくてもいいですよ、いつもと変わりないですよ——と、そんなふうに知らしめてくる響きだった。

益原はあの晩に自分が見聞きしたことを、すべてないものにしてくれたのだ。なのに、どうしても振り向いて彼の顔が見られない。

「仕事中だ」

「だけど」

「いいと言っている!」

怒鳴った直後に、むしろ自分が驚いた。こんなふうに声を荒らげるつもりではなかったのだ。

けれども、いい加減大人げないと思っているのに、さっきの言葉を取り消すことも、あやまることもできなかった。

「え……と。瀬戸さ……?」

美作の語尾が半端になったのは、益原がなにかの身ぶりをしたのだろうか。まもなく気配がひとつだけ遠ざかる。

(美作を下がらせて、怒るつもりか)

言いたいことがあるときに、遠慮するような益原ではない。これまでにもさんざん上からの台詞を吐かれ、反発してきた瀬戸なのだ。

しかし、案に相違して、彼はなにも言ってこない。

(どうして、いつまでも黙っているんだ……?)

なにか嫌みを考えているのだろうか。それにしても、刺々《とげとげ》しい気配はしないが。

じっと見られているような感じはするが、彼は沈黙を保っているし、立ち去る足音も聞こえてこない。どうしたものかと惑っていると、ようやく背後で声がした。

「瀬戸さん。仕事の手をとめさせてすみません。だけど、五秒間だけ振り返ってくれませんか」

そう頼まれて、知らぬ顔を決めこむのは、あまりに態度が悪いだろう。やむなく瀬戸は振り向いた。

「……やっぱり」

瀬戸の顔を凝視して、益原がぽつりとつぶやく。

「後ろ姿で、そうじゃないかと思ったんです」

なにが『そう』なのか、彼は明かさず、会釈のような仕草をすると、瀬戸の前で踵《きびす》を返した。

(いったい……いまのは、なんだったんだ?)

われながらあれほど感じが悪かったのに、彼は怒っていなかった。むしろ、心配していたような……?

面食らって、不思議に思うが、益原に理由を問うのは問題外だ。結局瀬戸は、不明瞭《ふめいりょう》な気分のまま、単眼式の顕微鏡を取りあげた。

† †

この日、瀬戸が研究所をあとにしたのは午後八時をまわったころだ。

――あ。瀬戸は今月、八時以降の残業なしな。

あっさり告げた口調とはうらはらに、太田はいかめしい顔をしている。

――ついでに反論もなしだから。ここんとこ、社員のオーバーワークについちゃ、厳しくなっているんだよ。これ以上瀬戸の残業時間が増えたら、労務から文句が来る。

それに、いまは特急の仕事はないだろ。そうも言われては、無理に居残ることもできない。やむなく瀬戸は仕事を切りあげ、バスに乗って駅まで行った。

「……益原？」

ＪＲの改札前に立っていたのは、思いがけない人物だった。目を瞠り、瀬戸がおぼえず足をとめると、彼がゆっくり近寄ってきた。

「思ったよりも早く終えてきたんですね」

「あ、ああ……。遅くまで残業するなと言われたから」

驚いていたために、かえってすんなり言葉が出てきた。益原はちょっと笑って「俺もその意見には賛成します」とうなずいている。

今夜の益原はスーツの上からスプリングコートを羽織り、いつにも増してスタイルがよく見えた。

「しっかり食べて、早めに寝るのはいいことです」

「はあ。そう……です、ね？」

「ええ、ほんとうに」

これは、とりとめのない世間話というものだろうか。わざわざこんな会話をしに益原が寄ってきたのは、同僚として無難なかかわりを保とうというサインなのか。

「……それじゃあ、俺は」

それならそれでありがたいがと思いつつ、瀬戸は足を踏み出した。おなじ会社にいる以上、益原とは今後とも顔を合わせる機会がある。何事もなかったようにしてくれるのは、むしろ感謝すべきだろう。

（益原がこの時間に駅にいたのは、おそらく製造部の工場に立ち寄っていたからだ。たぶん、田之倉重機との納品の件かなにかで）

太田がたしかそんなことをしゃべっていたなと考えて、瀬戸はホームにあがっていった。

「え……？」

改札口で彼とは別れたつもりだったが、その当人が横にいるのはどういうわけか。

（あそこにいたのは、誰かと待ち合わせをしていたからじゃなかったのか？）

疑問を浮かべて、益原を横目で見やると、彼がふっと笑みを洩らした。

「誰とも待ち合わせはしていません」

心を読まれて、瀬戸は幾度かまばたきした。

「不思議ではないですよ。瀬戸さんの顔に書いてありましたから」

ともに電車に乗りこんだ益原が、面白そうにそんなことを言ってくるから、瀬戸はとっさに顔をそむけた。

益原に気持ちを読まれたくはない。いまの自分はとくに嫌だ。

車内に立って並んだ位置から、あからさまに視線を避けても、べつに益原はなにも言おうとしなかった。黙りこくる瀬戸の隣で、彼もまた無言のままにこちらを見ている気配がする。

ただ、今日の昼に研究所でそうしたように、おたがい沈黙を保っていても、なぜかそれほど気まずさも、重苦しさも感じなかった。どうしてだろうと考えて、瀬戸はふと思いあたった。

（あのとき振り向いて……益原が、心配そうにしていた顔を見たからか……）

なんのことはない。研究所の誰彼とおなじように、自分もいつしか益原のペースにしっかりはまっていたのだ。彼はきっと、自分がどんな態度を取れば、相手の気持ちをほぐせるのかを熟知しているのだろう。

(太田さんには、営業ですから、と言っていたしな)

おかしくもなかったが、乾いた気分で瀬戸はぼんやり笑みを浮かべる。それから、あくまでも意地を張り、顔をそむけていることが滑稽《こっけい》に思えてきたので、瀬戸は彼のほうを見た。

(……え)

視線を合わせて、驚いた。益原が眉根をきつく寄せていたのだ。こちらを怒っているふうでもないのだが、ずいぶん険しい顔をしている。

(なぜ……そんな……)

しかめっ面をしているのか。

理由がわからず、瀬戸はまたも益原から目線を逸らした。妙に思い詰めたように頬を強張らせた彼の顔。これまでの記憶にない益原の表情は、瀬戸を当惑させてしまう。

(なにか……工場で、嫌なことでもあったのか?)

だとしても、なだめる言葉も見つからないまま、電車は瀬戸の降りる駅に近づいていく。

瀬戸は到着寸前に会釈をするだけで彼から離れた。

「……その……どうしましたか?」

ホームの上で、瀬戸は困惑の声を発した。益原の最寄《もよ》りの駅はここではないのに、彼まで電車を降りたのだ。

「どうしてだか、俺にだってわかりませんよ」

彼はなぜか嫌そうに大きなため息を吐き出した。

「とにかく瀬戸さんが家に着くのを見届けますから」

「いや、駄目です。来ないでください！」

「大丈夫です。自宅にまで押しかけません。部屋の前で引き返します」

「それでも、駄目です。送らなくて結構ですから」

押し問答をくり返しながら駅を出て、商店のつづく道から、低層のマンションやアパートのある住宅地へと進んでいっても、彼はいっこうに去ろうとしない。

どうしてそこまで益原が言い張るのかは不明だが、とにかく帰ってほしかった。

（……で、ないと、『あのこと』を知られてしまう）

益原には瀬戸がおちいっている状況を絶対にさとられたくない。

すでに瀬戸は『あのこと』だけで手いっぱいになっているのだ。このうえ、益原に知られたことを引きずってもやもやするのはごめんだった。

「いらないと言ってるだろう！　いいから、もう帰ってくれ！」

「なんでそんなに嫌がるんです？　家まで送っていくだけですよ」

乱暴な口調になっても、彼は少しもひるまない。足を速めて、瀬戸が先に進んでいっても、彼はあとをついてきた。

自宅まであと五分の距離に来て、瀬戸がどうにか益原をまいたと思ったときだった。横の道からすっと人影が現れて、瀬戸の傍に寄り添ってくる。

「ねえ、閑。今夜はわりと早かったんだね」

上質のスーツの上には、しゃれたデザインのショートコート。垢抜《あか》けた容姿を持つ青年が瀬戸の眸に映ったとたん、ずんと胃が重くなる。

頬を引きつらせ、立ちすくむ瀬戸の前で、充輝は艶《つや》やかな唇を動かした。

「ちょうどいい。食事でもして帰らない？」

手を伸ばしてくる相手から、一歩下がって首を振る。

（……俺がいつ帰ってくるのか、充輝にはわかっているのか？）

勤め人の充輝が一日、瀬戸の動向を見張っているとは思えない。なのに、こうして瀬戸の帰りを彼はしょっちゅう待ち伏せている。

そのうえ充輝は、毎日瀬戸の携帯電話にメールをよこすが、社会人になってから変更したアドレスを彼に教えたおぼえはなかった。

つまり、充輝はなんらかの方法で瀬戸の私的な情報を摑んでいるのだ。

（探偵事務所とか、興信所とか、そうしたたぐいのものだろうが……）

もっとも、それを推測できても、なんの解決にも結びつかない。迷惑だと充輝に告げても、彼は聞く耳を持たないでいたからだ。

もう二度とつきあう気はないのだと彼に断言したときも、それなら友達でいればいいと返された。元先輩と、後輩の間柄でかまわない。瀬戸にも友人が必要だろう。べつに恋人というのではなくたって、瀬戸にいちばん近い人間でいられればいい。

充輝の申し出は、殊勝なような、そうではないような気がしたが、どちらにせよいまの瀬戸に受け入れられるものではなかった。

——もう、終わったんだ。それだけだ。

再会してから、瀬戸は何度も充輝に言った。

友達とか、恋人とかいう前に、充輝とかかわりを持つ気持ちにはならないのだ。なのに、たったそれだけの瀬戸の想いが充輝にはつたえられない。

「……行かない」

瀬戸が低く声を絞ると、充輝がいかにもがっかりしたというように表情を曇らせた。

「うん。わかった……。いい店を見つけたから、先輩と一緒にと思ったんだ。でも、今晩はあきらめるね……」

今晩じゃなく、どの日も駄目だ。言いかけて、ふっと瀬戸の胸のなかに迷いが生じた。

(『今晩は』と言うことは、充輝はまた来る気だろう。それなら、いっそ充輝の誘う店に行って、時間をかけてことわればいいんじゃないか)

充輝はことわればその場は退《ひ》くが、つぎのときには、そんなことなどなかったみたいに接してくる。

口下手な自分だが、学生のころとは違って、いまはれっきとした社会人だ。ここは一度、きちんと話をするべきだろうか。

「その。俺の言うのをちゃんと聞いてくれるなら……」

そこまで口にしたときだった。ふいに背後から腕を取られて、身体の向きを変えさせられる。

「すみませんね。瀬戸さんは、俺と飯を食う約束ですから」

「……あ、ちょっ……」

充輝がなにか言ったようだが、驚いていたせいで聞き取れなかった。瀬戸は強引に二の腕を掴まれて、引っ張られ、益原に連行される格好で歩きはじめる。

「ま、益原、さん……⁉」

目を丸くして声を洩らせば、益原は盛大なため息を吐き出した。

「……なにやってるんですかねぇ」

あーあ、というようなつぶやきは、瀬戸へなのか、益原自身に向けたものか。

彼は仏頂面をして、瀬戸をぐいぐい引っ立てていく。そうして、充輝から充分に離れたところで、おもむろに宣言してきた。

「と、いうわけで、どこか店に入りますよ」

「え、いや」

「瀬戸さんに拒否権はないんです。どうでも俺と飯を食べてもらいます」

断言されて、さらに強く二の腕を摑まれる。

「このあたりに行きつけの店とかは？　……ああ、ないなら、適当なところでいいか」

瀬戸がまだ答えないでいるうちに、彼はさっさと決めてしまう。

「俺は、まだ一緒に行くとは……」

「もしやと思って来てみれば、案の定な展開で。このうえ、ぐずらないでください」

めんどくさいから、と失礼な言いざまを聞かされて、怒ってもいいはずなのに、瀬戸はなぜだか彼の手を払うことができなかった。

†　†

益原が瀬戸を連れて入ったのは、駅前の居酒屋だった。カウンターより一段高い台の上には総菜の大皿が並んでおり、こぢんまりした店構えだが繁盛しているようだった。

「まずはビールね。それからそこの、柚子《ゆず》と青菜の煮びたしと……小芋《こいも》とイカの煮たのをください」

カウンターにふたつだけ空いていた席を見つけてそこに座ると、益原はてきぱきと注文し

会話
サロン花
酒寮
5F
ウチダ内科
ムラ
イフサキメガネ

ていく。

「瀬戸さんは、刺身と焼き魚とでは、どっちが好きです?」

「えっと……刺身が」

「それじゃあ、刺身の盛り合わせ。……鶏肉《とりにく》は平気ですか」

前の部分はカウンターの向こうに言い、あとの半分は瀬戸に聞く。

「平気です」

うなずくと、益原はさらに焼き鳥の注文も追加した。

「青菜と、小芋、どっちを食べるか選んでください」

瓶ビールとコップが運ばれ、さらに総菜の小鉢が目の前に置かれると、益原がひとつを取れとうながしてくる。瀬戸が青菜の器を選ぶと、彼が各自のコップにそれぞれビールを注《つ》いだ。

「それじゃ、乾杯」

なにとは言わないで、ちょっとコップをあげる仕草をしてみせると、益原は美味そうにそれを飲む。つられて瀬戸もビールで喉《のど》を湿らせた。

充輝から引きはがし、瀬戸をここまで強引に連れてきたのに、益原は彼についてはなにも聞かない。どんなことを言われるのかと最初は身がまえていた瀬戸も、アルコールが身体を温めていくにつれ、肩の力が抜けてきた。

「瀬戸さんは、荒木主任って知ってます？」

「……製造二課のベテランですね」

「そうそう。それで、そのひとが、シリンダーの強度がどうにも気に入らないから、納期を遅らせてほしいって言うんです」

「どの部分の不具合ですか？」

　興味を引かれて訊ねると、益原がNC旋盤の部品のひとつと瀬戸に明かした。

「後工程が詰まっているって説得してみたけれど……そう簡単にはうなずいてくれません」

「ああ……あのひとは職人ですから」

「そう言うからには、瀬戸さんも苦労したことがある？」

「ある」と瀬戸が答えると、益原がそれについての話を引き出す。気がつけば、瓶ビールのおかわりをして、小鉢と刺身の皿が空になっていた。

（そういえば、酒を飲むのはひさしぶりか……）

　ここ一カ月、ビールはもちろん、まともな食事もしていなかったような気がする。朝晩はコンビニのおにぎりかなにかで済ませ、昼食は仕事があるとしょっちゅう抜いていたような……。

「瀬戸さんはコンタクトを入れていますか？」

「いや」

「視力が悪いかと聞かれたことは?」

「それは、ある」

言うと、益原は「やっぱり」と破顔する。

「瀬戸さんには眼鏡《めがね》が似合うイメージがあるからでしょうね。理系の人間はかしこい、イコール、眼鏡みたいな」

もちろんあなたには迷惑な話でしょうが。と、ほがらかに述べてくる益原は、同僚との世間話をいかにも楽しんでいるふうだ。

(こういうところ、益原はじょうずだな……)

ひとの気持ちをそこねずに、自分の思った方向に会話の流れを誘導できる。

ひさびさのアルコールで、いくぶん散漫になった頭で、瀬戸はそんなことを思う。

(二択とか、俺が答えやすいような質問のしかたをする。『ある』『ない』だけの返事でも、スムーズに話題がつづく)

瀬戸にはとうてい真似《まね》のできない、益原のすぐれたところだ。

(もしも……俺が、益原みたいにできたなら……あんなことには、ならなかったか?)

瀬戸はちらりと腕時計をはめている左の手首に視線を落とした。

(いまも……充輝を簡単に説得し、あきらめさせることができるか……?)

思いは苦みをともなって、胸の内を満たしていく。

他人とくらべてもしかたがないと知っているのに、なにをいまさらそんなことを考えるのか。

「瀬戸さん、こっちの焼き鳥もどうですか。大葉巻きのが食べやすくて、おいしいですよ」

「いや……日本酒をもらいます」

なんだか無性に飲みたくなった。瀬戸は運ばれた冷や酒を手に取ると、顎をあげてそれをいっきに飲みほした。

「瀬戸さん……！　ちょっと。そんな飲みかた」

「おかわり」

カウンターの向こう側に持ったコップを掲げてみせると、つぎの冷酒が運ばれてくる。

益原はどうなのかとあやぶんでいるように目を眇《すが》めて瀬戸を見ていた。

「お酒は強いほうなんですか？」

「……わからない」

酔っぱらうほど酒を飲んだことがないから、自分の酒量の限界は不明だった。

「わからないって……や。そんな、半分も」

あわてる益原を目にすると、なんだか無性におかしくなった。「くくっ」と喉声を洩らしてから、ダークブラウンの眸を見返す。

「大丈夫。迷惑はかけませんから」

「いや。迷惑とか、そういうことじゃなくてですね」

眉をひそめてまだなにか言っている彼を尻目に、残りのぶんを胃のなかに流しこむ。

「すみません。もう一杯！」

声量の調節ができなくて、叫ぶような大きさになっていた。横で益原が顔をしかめるのが目に入り、なんとなく腹が立つ。

「酒を飲んではいけませんか」

コップを握って睨《にら》んだら、彼が困った顔をした。

「飲むなとは言いませんよ。ただ、つづけて飲まずに、もうすこしなにか食べたほうがいいです」

「いらない」

「そう言わないで。かるいつまみでも頼みますから」

「いいんだ。いらない」

なだめる口調がますますむかつく。新しいコップを受け取り、まるで水かなにかのようにひと息に冷酒をあおると、瀬戸は唐突に立ちあがった。

「帰ります。……お勘定を」

「いや、いいですよ。誘ったんだし、ここは俺が」

「いらない」

雑な仕草でポケットから財布を取り出し、そこから万札を一枚抜いて店の者に手渡した。

「ごちそうさま」

いくらかかったか知らないが、このくらいなら足りるだろう。そんな程度の見極めで、瀬戸はさっさと店を出る。

「あ、お返しが……え。ちょっと、お客さん！」

「すみません。おつりはいいです」

背後で誰かと益原がしゃべっているのが聞こえたが、それは無視して足を進める。

季節は春だが、四月のまだ上旬で、夜の空気は冷たさを帯びている。なのに頬は妙に火照って、ぱしぱしと両手でそこを叩いてみれば、よけいに熱が高まった。

（……熱い……目の前が……ぐるぐるしている……）

飲んでまもなく動いたせいか、アルコールが体内を活発にめぐっている。足が勝手にふらついて、そうか、これが千鳥足かとおかしくなった。

「待って、瀬戸さん。家まで送っていきますよ」

「んー、いらない」

彼にはさっきからおなじ言葉しかしゃべっていない。

（それでも、なんとか会話になるのが不思議だな）

そう思ってから、自分の馬鹿さ加減にあきれた。

(不思議でもなんでもない。益原が俺に合わせてくれてるだけだ)

心配して。気遣って。フォローして。

「……きみは」

言いかけたら、急に目線の位置が変わった。

「うわ。瀬戸さん……！」

道に座りこんだのはわかったが、まるで腰が抜けたみたいでいっこうに立ちあがれない。

(まいったな……なるほど、これが酔っぱらうということか)

ぶざまな自分の姿が笑える。熱い息を吐き出して、上空を見あげても、星は見えずに、ちいさな葉っぱをつけている街路樹と、電線が目に入っただけだった。

「ほら。手を貸しますから、摑まって」

いつまでも座りこんではいられずに、益原の腕を頼りに立ちあがる。

「あっちに公園があるでしょう。あそこまで歩きますよ」

益原が瀬戸の腰をしっかり摑み、自分の身体をささえにして歩かせる。いっきに酔いのまわった瀬戸はそれでも足元がおぼつかないが、どうにか近くの公園のベンチのところにたどり着いた。

「気分が悪くないですか？」

「……悪い」

「ネクタイは……ああ、そうか。していなかったな」

だったら、ちょっとだけベルトをゆるめますからね。そうことわって、益原が瀬戸のスラックスの金具をはずす。それから彼は自分が着ていたコートを脱いで、それを瀬戸に羽織らせた。

「はい、こっち側の腕をあげて。俺のでなんだけど、ここにじっと座っていると寒いですから」

袖に腕を通させて、器用な手つきでコートを着せると、瀬戸がなにか言う前に益原はさっさと腰をあげてしまう。

「しばらく待っててくださいね。あっちの自販機で、水かなにかを買ってきます」

言葉どおり、まもなく益原はペットボトルを手に持って戻ってきた。

「はい、これ。こぼさないよう、ゆっくりと飲んでください」

濡れると身体が冷えますからと、手渡された水のボトルはすでに蓋《ふた》が開けられていて、瀬戸はぐらぐらした頭ながらも感心する気持ちになった。

「きみは……すごく手際がいいな……酔っぱらいの世話をするのは、慣れているのか……？」

「そうですね。ずっと体育会系の部活をしていましたし、俺は酔わないほうなので、打ち上げとかではたいてい後始末の係です」

「……部活って？」

黙っているより話しているほうが楽なので、ぼそぼそと言葉を発した。益原は、ベンチの隣に腰かけて、落ち着いた声音で応じる。

「高校はテニス部で、大学はゴルフです」

益原らしい返答に、瀬戸は納得してうなずいた。

「それで、ゴルフが得意なのか……」

「得意というほどでもないですけどね」

「ほかに……好きな、スポーツとかは……？」

益原ならいろいろとやっていそうだ。そう思って訊ねたら、やはり立派なものだった。

「そうですね。スキーとか、スノーボードとか？　スキューバダイビングもやりますし、スポーツとはちょっと違うかもしれませんが、クルージングボートでのセーリングも好きですよ」

「それは……すごいな」

「そうですか？」

余裕のある男の声は、酔っぱらいのお守りをしていることをすこしも嫌がっているようではない。深みのある彼の響きは、なぜか聞いていて心地よかった。

「瀬戸さんは、なにかスポーツをされますか？」

「いや……俺は、そういうのは」

高校も理系クラスで、部活は物理研究部に所属していた。大学は、教授と一緒に研究室にこもりきり。瀬戸がそう言うと、益原は感嘆まじりの息を吐いた。

「そっちこそ、すごいですよ。一貫しているっていうか、それひと筋って感じがして、俺はいいと思いますね」

「そうか……？」

急におかしくなってきて、瀬戸は「ふふ」と笑いを洩らした。

「どうしました？」

「いや……おたがいをすごいすごいと言い合って、おかしいな、と」

聞いて、益原も「そうですね」とちいさく笑う。それから、彼は自分のほうに向いてくれと頼んできた。

「今日は無理やりあなたについてきてすみません。強引に居酒屋まで連れていってしまったことも」

あやまられて、それは違うと瀬戸は思った。

「きみに迷惑をかけたのは、俺だろう……？」

「いえ。でも、俺は……」

彼らしくなく、語尾があいまいに消えていく。かるく唇を噛んでいる彼の顔を見ていると、ふっと言葉が唇からすべり出た。

「……きみは、なにも聞かないんだな」

充輝のことで思うところはあるのだろうに、その部分では沈黙を守っている。

(益原は……やさしいんだ)

たぶん、表面上のことだけではなく。

「瀬戸さんは、俺になにか……しゃべりたいことがありますか？」

いくぶんためらっているような、ひそやかな問いかけが耳に入る。瀬戸は横にかぶりを振った。

「いや……べつに、ない」

そう言ってから、正面に向き直り、ベンチの背もたれに寄りかかった。

「だけど……そうだな。俺は、いま、独りごとをしゃべりたい気分なんだ……」

いいだろうかと訊ねたら、どうぞと横から答えてよこす。瀬戸はぼんやりと前を眺めて口をひらいた。

「大学院の一年のとき……人数合わせで合コンに引っ張り出され……そこで充輝と知り合ったんだ。女の子とつきあうはずが……気がついたら、二十歳の男子学生とそういう関係になっていた」

当時の充輝は中性的な綺麗さを残していて、瀬戸も彼と寝ることをとんでもないとは感じなかった。

「充輝と寝たから、きっと俺はゲイなんだろう。もともと女の子は苦手だったし、恋人が男でもかまわないかと思ったんだ。だけど、それまでに誰とも恋愛をしたことがなかったから……ぜんぶが初めての体験で……あまり、うまくいかなかった。俺の反応はたいていにぶくて、相手を苛々させたしな」

苦い思いで瀬戸は過去の述懐《じゅっかい》を口にする。

「充輝は自分が男とつきあっていることを隠したがった。ふたりの関係を誰にも言うなと口どめし、彼自身は俺とはべつに女の子とつきあった」

「え……?」

横からちいさく驚きの声があがる。瀬戸は前を見たままで言葉をつづけた。

「充輝は自分がゲイであることが嫌だったんだ。男が好きで、同性と寝る。そんな自分をみとめられない。だから、カモフラージュに女性とつきあう。そうしなければ、自分は壊れると泣いたから、俺はそれを了承した」

益原は言葉になる前の声を発し、それからまた口をつぐんだ。

「知り合ったとき、充輝は大学二年生で、幼稚舎からのいわゆる内部組だった。まわりの友達も、充輝のところも、金にも名誉にも恵まれている家ばかりで、そんな環境ではゲイだと告白できないと訴えられた」

虚栄心も、自己欺瞞《ぎまん》もあっただろうが、充輝がおびえていることだけは本当だと感じられた。だからこそ、瀬戸は充輝の訴えを呑んだのだ。

「もっと充輝の思うようにしてやればよかったが……気のきいたことも言えず、デートも満足にできないで、彼は不満がたまっていった。自分が女性と交際しても、嫉妬《しっと》すらしてくれないと怒られて……そんなときでも、俺は彼の気に入るような態度は取れなかったから」

酔いにまかせての繰り言で、益原が鬱陶《うっとう》しいと感じてもしかたない。それでも、言葉はとまらなかった。

「院生の二年になると、俺はほとんど研究室から出なくなって……充輝とはめったに会うこともなくなった。返信しないメールもたまるいっぽうで……たまに会うと、薄情だ、冷たいと叱られた」

叱られたというよりも、口を極めて罵《ののし》られた、が現状に近いだろうが。

——俺は閑を信じたから抱かれたのに。閑はちっとも俺を大事にしてくれない……！

彼の言いぶんの根底はいつもそこで、瀬戸の努力はつねに充輝の不満には届かなかった。

(もっとも、努力とえらそうに言うほどでもなかったか……)

充輝が女性と交際していると思っても、正直なところでは嫉妬の念は一度たりともおぼえなかった。充輝と会って、彼が友人とどんな遊びをしているのかを聞かされるより、院内の研究室で計測器をのぞいているほうが楽しかった。

「嫉妬したり……こっちからも会いたがったり……もっと俺からアクションを起こしたほうがよかった気もする……そうは言っても、もうぜんぶが手遅れだけど」

瀬戸はペットボトルを傾け、水をごくごく飲んでから、自分の左手に視線を落とした。

「……俺は修士論文の準備とか、学会で発表する研究なんかを進めるために、ますます忙しくなっていた。充輝のメールには返信しないし、電話もめったに出なくなった……だから、充輝は……俺が彼と別れたがっているのだと思ったんだ」

つぎのいきさつを打ち明けるのをためらって、瀬戸はいったん口を閉ざした。

(六年経っても……あれは、まだ……)

自分のなかで消化しきれていない気がする。

充輝には『きみを憎いとも、嫌いだとも思わない』とつたえたが、それはたしかに本音でも、すっきりと割りきれたわけではなかった。

あそこまで追い詰められた充輝自身は気の毒だと感じるし、彼をすこしも恨んでいないが……あの一連のできごとには一抹のやりきれなさも確実に残っているのだ。

瀬戸はゆっくりかぶりを振って、残りの水を口にした。

(……こめかみが、ずきずきするのは、酔いのせいか……いや、違うな……このところ、ずっとだった……)

そうして瀬戸がこめかみを押さえていると、脇から益原が聞いてきた。

「瀬戸さん、気分はどうですか？　歩けるようなら、家まで送っていきますよ」

言いにくいなら、もうやめてもいいのだと、彼は遠まわしに告げてくる。その気遣いに、瀬戸はふっと重い身体が楽になり、彼のほうに視線を向けた。

端整な彼の顔には不快さも、あきれた様子もまったくなくて、それを目にした瀬戸の心をゆるませる。

「……充輝はある日、自分の部屋に俺を呼んだ」

気持ちがゆるむと、喉につかえたかたまりが消えていく。瀬戸はふたたび話しはじめた。

「親に借りてもらっているマンションで、2DKの立派な部屋だ。来ないと死ぬと、泣いて俺を呼び出して、持っていたナイフをめちゃくちゃに振りまわした」

あの夜、充輝は別れるのなら死んでやると、泣きわめいて瀬戸を脅した。

——本気だから！　もしも、そうなったら、後悔するのは閑だから！

——やめろ、あぶない……！

「とっさに出した手が、充輝の持っていたナイフとぶつかり……運悪く、動脈を切ったんだ」

益原が目を瞠って、息を呑む。さすがに弁の立つ益原も、どう言っていいのかがわからないようだった。

「止血しようと思ったが、目の前はぼやけてくるし、右手だけではうまくいかずに……結局、充輝が親に携帯電話をかりた」

「……親に？」

益原が目を眇め、なにかを押し殺しているようなごく低い声音で訊ねる。

「そのとき、救急車は呼ばなかった……？」

「呼ぶといろいろまずいだろう？　充輝の親が事情を知って、親戚《しんせき》のやっている病院に俺を運んだ」

瀬戸が言うと、益原が常識外だと首を振った。

「手当てが遅れて、もしもあなたになにかあったらどうするんです」

「まあ……どうにか助かったわけだしな……俺を救急病院に運んだら、あっちのはうが傷害とかで大げさなことになるから」

あのときは出血多量で、瀬戸は丸一日意識が戻らなかったらしい。目覚めたら、母親が病院にいて、そののち駆けつけた充輝の親が慰謝料の相談をしはじめた。

事は友人同士のいさかいであり、表沙汰《おもてざた》にはしないでほしい。ついては詫び料として、このくらいではどうだろうか、と。

瀬戸の母親は金で事を解決したがる充輝の両親の態度には憤りを感じたし、息子が事故だと言い張ったので、ほとんど叩き出すようにして相手側を帰らせたのだ。

「まあ、そんなわけで、充輝とはそれっきりだ……なのに、どうして六年も経ってから、俺とまたつきあおうと言い出したのか……」

最後のあたりは現在かかえる疑問になったが、益原はあっさりとそれに答えた。

「そんなのは、わかりきったことでしょう?」

「え……」

「すでに相手は瀬戸さんの評判を聞いていて、しかも本人を直接見たんですからね。そうしたら、いまさらながらあなたが惜しくなったんですよ」

「俺の、ことを?　……だけど、なんで」

首を傾げたら、益原がさも嫌そうに眉のあいだを険しくした。

「わかっていないひとですね。万代精機の瀬戸閑といえば、アメリカの企業からスカウトされてもおかしくないほど、将来有望な技術者ですよ。そのうえ、顔もスタイルも申し分ないいほうですし。性格は真面目で、誠実。対人関係は……まあ、少々話が通じにくいところもあるけれど、悪気がないのはたしかです。面倒くさいのさえ我慢して、根気強くつきあえば、それ以上にいいところがいっぱいある、はずですよ」

あまりほめられた気がしないのはなぜだろう。瀬戸は釈然としないまま、益原の顔つきに気がついて聞いてみた。

「益原さんは、怒っているのか……?」

独りごとでしゃべったときの調子が取れず、丁寧語ではなくなっていたけれど、益原はまったく気にするふうではなかった。

「あたり前です。話を聞いたら、相手にもあなたにも腹が立ちます」

「充輝にか……？」

意外に思って質《ただ》したら、言ってもいいかと聞いてくる。瀬戸がたてにかぶりを振れば「じゃあ、遠慮なく」と益原が口をひらいた。

「まず、彼は自分がゲイであることを隠すために、ほかのひととつきあった。これは恋人としてルール違反を犯しています。それから刃物を持ち出して、相手の前で死ぬと脅す。こっちは子供のかんしゃく以下で、卑怯《ひきよう》と呼ばれるたぐいのものです」

益原の指摘はいっさい容赦がなかった。弁護するほど頭もまわらず、酔っぱらいの瀬戸はただうなずくばかりだ。

「それにあなたを殺すところだったのに、応急処置をしようとはせず、救急車も呼ばないで、あげく親に尻ぬぐいをさせて逃げた。これはもう恋人とかどうとかよりも、人間的にアウトです」

「あ……そう言われれば」

そのとおりのような気もする。

「そう言われれば、じゃありませんよ」

益原は厳しい顔で瀬戸を睨んだ。

「あなたの恋愛オンチにはあきれます。二十歳を越えた大人同士がそういう関係になったとしても、責任はイーブンです。一方的に、どちらかが尽くしたり、責められたりするものじゃありません。仲が壊れるにはそうなるだけの理由がたがいにあったんです。そして、ふたりの仲が終われば、それはもう過去の想い出にすぎません。なのに、あなたは自分に怪我《けが》をさせ、都合が悪くなったとたんに逃げ出した男相手に、いったいなにをやってるんです？　あなたのそのかしこい頭は飾り物なんですか」

ずけずけと指摘され、瀬戸はぐうの音も出なかった。

（でも、まあ……）

ぼろくそに叱られてしまったが、お陰でここ一カ月ほどの鬱屈が、いくぶんかるくなった気がする。

「その……益原さん？」

「なんですか」

まだ不機嫌を引きずっている男の顔をじっと見る。

「きみの言うとおりと思う。俺はいろいろまずいから、教えてもらって助かった」

感じたままをつたえたら、彼はさっと横に顔を向けてしまった。

「こんなときだけ素直になるか……？」

くやしそうな声がかすかに届いたが、その意味を摑みかね、瀬戸は「え？」とつぶやいた。

「……ほんとにわかっていればいいと思いますよ。あなたは本気でうといところがありますからね」

顔を戻し、こんなに痩《や》せてしまって、と彼が手を持ちあげる。その指先が瀬戸の頬に触れた瞬間、彼の表情がふいに変わった。

（え……？）

公園の薄闇《うすやみ》のなか、益原の顔がごく近くにある。いつにも増して彼の目の力は強く、その全身から放たれる激しい気配が瀬戸の身体にぶつかってくる。

（……ます、はら……？）

瀬戸はごくりと喉を鳴らした。

「あなたは自分が痩せたことにも気づいてはいないんでしょう？」

これは問いかけのかたちを取った断定だった。益原の表情は恐ろしく真剣で、気安く言い返せる雰囲気などかけらもなかった。

「いまさら出てきたあんな男に、揺すぶられて、悩まされて。あなたは彼を怒鳴りつけて、殴ってやってもいいはずですが？」

「そんな……どう、して……」

聞いたのは、益原がなぜそんなにも激しているかだ。目に見えて腹を立てたふうではないが、彼はもっと深いところで気持ちを波立たせているようだ。

それを知りたくて発した言葉は、しかし説明が足りなかったか、彼は瀬戸が『なぜ俺が怒らなくちゃならないのか?』と訊ねてきたと思ったらしい。

「だって、そうでしょう? あなたは彼に殺されそうになったんですよ。しかも、彼はあなたを愛しているはずの人間です。だからこそ、あなたは彼に無防備でいたはずなのに、相手はその信頼を裏切った」

「ちが……あれは、事故だ」

昔も言った台詞をもう一度口にする。

益原がなにを考えているのかがわからない。頬に触れた彼の指が熱くも冷たくも感じられて……これは血中のアルコールのせいだろうか。

(息が……苦しい)

彼の投げかける気配が重い。のしかかり、締めつけて、呼吸さえもしにくくさせる。なのに、よせと撥ねつけることができない。

瀬戸はどうしても益原から視線がはずせず、怖いような光を放つその眸をひたすら眺める。ひどく長く感じられる時間が過ぎて——彼はおもむろに目蓋を閉ざし、ややあってから、ゆっくりとそれをひらいた。

「決めました」

「え……なにを?」

「あとで説明しますから。とにかくいまは、俺の言うとおりにしてください」

† †

その晩から三日間が経過し、瀬戸は益原のマンションのリビングで、どうしたものかと考えていた。時刻は午後十時過ぎ。これで同居は丸三日だが、今夜も益原は終電で帰るのだろう。

(なんで、こんななりゆきになったんだ……)

あのあと、瀬戸は益原にうながされ、彼の肩を借りてもらってどうにかアパートの部屋まで戻った。そのあと、彼には礼を言って帰ってもらおうと思ったのに、事態は意外な方向に進んでしまった。

益原は、瀬戸と一緒に部屋にあがり、これから自分のマンションに移動するから、日用品と衣類とをまとめるように言ってきたのだ。

——本当に必要な品物だけでいいですよ。俺の部屋には、いちおうひととおりのものはあるので。

——きみの部屋って……？

——さあ、早く。ここにかけてあるスーツは持っていきますか？

無茶飲みをした冷や酒が残っていたこともあり、瀬戸は頭がまともにはたらいていなかった。あれは、これはと、益原に問われるままに、イエスとノーの意思表示をし——いつのまにかタクシーに乗せられて、身のまわりの品とともに彼の部屋に連れてこられた。

益原のマンションは四谷の東京本社に近く、室内は広いリビングと、キッチンと、それに洋室がふたつの間取りだ。彼はそのうちのひとつに客用の布団を敷いて、疲れと酔いとですでに朦朧《もうろう》としはじめていた瀬戸をそこに寝かしつけた。

そして翌日、瀬戸は深酒したせいで生まれて初めての二日酔いになってしまい、いつもの時間に起きられなかった。目覚めると、すでに益原の姿はなく、時刻はとうに始業時間をまわっている。頭痛をこらえ、あわてて研究所に電話したら、ちょうどいいからたまりにたまった有給休暇を消化しろと太田から命じられ、やむなく指示にしたがったのだ。

益原は最初から瀬戸を定時に間に合うように起こす気はなかったらしく『目が覚めたら、キッチンのテーブルを見てください。かならずなにか、飲むか食べるかするように』とドアの内側にピンでとめたメモを一枚残していた。

そして、瀬戸はそのメモどおりキッチンに行き、コンビニで買ったらしい食料品の袋のなかから、チューブ式のゼリーと、スポーツ飲料を選んで飲んだ。

胃がむかついて食欲はまったくないが、益原はおそらくそれをも見越していたのか、二日酔いに効く内服液まで買っていた。

(相変わらず、よく気がまわる……)

酔っぱらって世話をかけたと自分を恥じたが、しかし正直、彼の気配りはありがたい。瀬戸は自分の頭のなかで益原にお辞儀して、内服液も飲ませてもらった。

(帰るのは、彼に理由を聞いてからだ)

ここに居つく気はまったくないが、益原の思惑を聞かなければすっきりしない。

そうして瀬戸は、帰ってきた益原に食料品の礼を述べると、彼に疑問の解をもとめた。

――どうして俺をこの部屋に連れてきたんだ？

――瀬戸さんがここにいる理由ですか……？

益原は、あきれたと言わんばかりに肩をすくめて告げてきた。

――そんなのは、わかりきったことでしょう。あの男の待ち伏せを避けるためです。

瀬戸は驚いて目を瞠った。『あの男』が充輝であるのは察したが、どうして益原がそんなことを言ってくるのか。

たしかに、住む場所を移したら、あるいは充輝の待ち伏せは避けられるのかもしれないが、なぜ益原が手を貸してくれるのかわからない。聞いても益原は『もう決めたので』と言うだけだった。

(だが、そういつまでも彼に迷惑をかけられない)

同僚であるというだけの関係なのに、居候を決めこむのは心苦しい。なにより充輝を永遠に避けていられるわけもなく、近いうちに彼と会って、話し合う必要があるだろう。

瀬戸はそう思っていたから、この晩自宅に戻ってきた益原にそのままをつたえたのに、彼は「駄目です」と却下した。

「あの手のタイプは、あなたにとっては最大の鬼門でしょうね。あなたの説得はたぶん通用しませんよ」

上着を脱ぎ、ネクタイをほどきながら、彼は当然といった調子で決めつけてくる。

「どうしてそんなことがわかる」

やってもみないでなんでだと、むっとして返したら、益原はわざとらしくため息をつく。

「あのねえ、瀬戸さん。これ、言ってもいいですか?」

その前置きにはひるんだが、瀬戸は意地でうなずいた。すると、益原はダークブラウンの髪を掻きあげ、出来の悪い生徒を見る目をこちらに向ける。

「あなたは自分の思ったことをはっきりと言うわりに、結構押しには弱いでしょう。とくに、理屈とは違った次元で、強気に出られると流される」

(う……)

彼の指摘には思いあたる節があり、瀬戸はぐっと息を呑んだ。

「すでに前例で実証されているんですから。ごねずに当分はここに住んでてくださいよ」

「ごねてはいない。俺はただ、きみに迷惑をかけたくないから」

「俺に、迷惑……？　瀬戸さんはそんなふうに思ってましたか」

なるほどね、とうなずいてから、彼はさらりとこう言った。

「べつにそのことは気にしなくてもいいですよ。俺たちはつきあっているんですし、恋人が自分の部屋に入り浸っているからって、とくに問題はないでしょう？」

なにか変な台詞を聞いたような気がして、瀬戸は首をかたむけた。

「恋人って……誰のことだ？」

「あなたと俺です」

きっぱりと言いきられ、瀬戸は目を丸くした。

「……はぁ？　なんだって？」

幻聴を聞いたような気がするが、思い違いなのだろうか？

しかし、益原は口をぽかんと開けている瀬戸の様子を眺めながら、澄ました顔でとどめを刺した。

「万代精機の瀬戸閑と益原央紀は、ただいま絶賛交際中です」

瀬戸が硬直していると、起きて聞いていますかと、眼前でひらひらと右手を振られる。

ややあって、瀬戸は頬を引きつらせ「冗談はやめろ」と叫んだ。

「冗談ではないですよ。俺たちはつきあっているんだって、さっきあの男にもつたえましたし」

「え。あ……あの、男？」

話の展開についていけない。瀬戸が目を白黒させつつ訊ねれば、益原がしれっと答える。

「向井とかいう、あのストーカー男です」

度肝を抜かれて、瀬戸は思わず絶句した。

（充輝が……この場所も探りあてた？）

そして、すでにここまでやってきたのか？

愕然として見返す瀬戸に、益原はうなずいた。

「さっき、下で会ったんです。このマンションの入り口付近にいましたよ。だから、こっちから声をかけて、瀬戸さんにしつこくしても無駄だと言ってやりました」

すると、充輝は『あなたには関係ない』と益原を怒鳴ったのだと教えてくれた。

「だからって……恋人宣言はないだろう……」

まだ驚きを残したままでつぶやくと、益原は広い肩をひょいとすくめた。

「その必要があったからです」

「だが」

瀬戸が反駁しようとしたら、いきなり益原が「ところで」と言ってきた。

「瀬戸さんはもうお風呂に入りましたか？」

「あ？　う、入った、が……？」

またも話についていけずに、瀬戸は疑問符を頭に浮かべてうなずいた。

「それじゃあ、俺もシャワーを浴びてきたほうがいいですね」

「は……？」

益原がなにを言いたいのかわからない。茫然と口を開けて彼を見ると、この男は平然と爆弾発言をやらかした。

「瀬戸さんが俺を抱くなら、綺麗にしといたほうがいいかと」

つかの間なんの反応もできなかった。脳がその想像をするのを拒み、瀬戸はリビングの真ん中にただ突っ立っているだけだ。

益原はそんな瀬戸の正面に来て、両手で口のまわりをかこみ「おーい。瀬戸さーん」と呼びかけてきた。

「立ったまま、気絶しないでくださいよ」

半笑いで、ワイシャツ姿の男が洩らした。

「俺はそれほど驚くことを言ったんですか？」

心外ですねとつぶやかれ、そこでようやく瀬戸は現実に立ち戻った。

「……なんで、そうなる……」

「だから、虫よけ？」

この、やたら女性にモテる男は平然とそう言った。

「俺たちがそういう仲なら、あの男の出る幕がなくなるでしょう。ただ、男同士の恋人たちがどんなやりかたをするのかはわからないので、とりあえずそっちがなにかしてください」

「なにかって……」

「キスするとか、いじるとか、舐《な》めるとか」

さわやかな顔をして、とんでもないことを言う。瀬戸はぶるぶると頭を振った。

「……無理だ」

「どうしてですか？　俺に触れるのは気持ちが悪い？　死んでも、絶対嫌ですか」

「いっ、いや……べつに、そこまでは」

益原は他人に嫌悪感をもよおさせるような外見ではない。むしろ、その引き締まった肉体と、彫りの深い顔立ちは、目にするのも触れるのも心地よいとひとから思われる種類のものだ。

それを思って瀬戸が弱気な態度になったら、彼は勝手に了承したと受け取った。

「じゃあ、いいですね。俺の部屋で待っててください」

言うなり、浴室に行こうとするので、瀬戸はあせって彼の腕を摑んでとめた。

「じ、実際にしなくても……充輝にはそう言っておくだけじゃ、駄目なのか」

「駄目ですね」

おもむろに益原は振り向いて、人差し指を上に立てた。

「理由その一。あなたはじょうずに嘘がつけない。いい加減なことを言っても、すぐに相手に見破られます」

それから益原は、立てたそこに中指も追加する。

「理由その二。あの男はすでにここを突きとめました。まもなくあなたに接触してくるでしょう。もしも、俺とそういう関係になっていたら、ついふらふらと彼と寝たりはしないでしょう?」

おごそかに述べてくるその言葉にたまりかね、瀬戸は反論をこころみた。

「きみとなにかなくたって、俺はそんなことはしない。たしかに俺は充輝と寝たが、あれはぜんぶ過去のことだ」

充輝とはもう二度とそんな間柄になる気はない。

瀬戸としては、そこはゆずれない気持ちだったが、この男は疑わしげに片頬をゆがめただけだ。

「そして、最後の理由ですが」

瀬戸の抗弁はあっさり流し、益原が三本目の指を立てる。

「俺はあの男が気に食わない。だから、瀬戸さんに近づけたくないんです」

「え? なんで、そんなこと……さっき、下で会ったとき、充輝はきみになにかしたのか?」

「べつに、なにも。最初は怒鳴られもしましたけどね。俺が瀬戸さんとつきあっていると言ったら、びっくりしすぎて茫然としていましたよ」

それはまあそうだろうと瀬戸は思う。自分もあれほど驚いたのだ。充輝にとっても仰天するようなできごとに違いない。

「だったら、どうして」

「……いろいろです」

彼は言いたくなさそうだ。それなら聞くのも悪いかと瀬戸がいったん口を閉ざすと、彼の腕が伸びてくる。あっと思う暇もなく、瀬戸は彼の胸に抱かれた。

「俺のベッドに行きましょう……」

吐息まじりに耳元でささやかれ、瀬戸の背筋がぞくっと震える。こういうときの彼の声音は、卑怯なくらい色っぽかった。

「き……きみはゲイじゃないんだろう。なのに、俺とそんな関係になってもいいのか」

パジャマの上から背中を撫《な》でられ、耳たぶにキスされて、瀬戸は必死に強張る頬を動かした。

益原は瀬戸よりも体温が高いらしく、抱きつつまれるとこちらの皮膚まで熱くなる。

(なんで突然こんなことに……絶対、なにかおかしくないか?)

なのに、益原は男同士の抱擁にまったくためらいを見せないうえに、こんなことまで言ってきた。

「たぶん、瀬戸さんにいじってもらうのは大丈夫。結構興奮するんじゃないかと思いますよ。それに、キスも……平気かどうか試しましょうか？」

益原は瀬戸の頬に手を当てて、唇を近づけてくる。とっさに、瀬戸は顔をそむけた。

「それはっ、試さなくていいっ！」

上体をのけぞらせて行為を避ける。なぜか、益原とお試しのキスをする気にならなかった。

「さわられるのが平気なら、そっちをするから」

あせって瀬戸が口走ると、それを益原がすかさず拾う。

「瀬戸さんが？　俺の胸をいじって、舐めて？」

「そ、そうだ」

事の流れといきおいで、そんなことになってしまった。

瀬戸は益原に腕を摑まれ、彼の部屋に連れこまれ、並んでベッドに座らされる。

「瀬戸さんは、相手の服を脱がせたいタイプですか？　それとも、そんな邪魔くさい手順ははぶいて、相手に脱いでもらいたい？」

「いや……どちらだろう」

思ってみれば、充輝以外と寝たことはなかったし、それも六年前のことで、かなり記憶が薄れている。迷っていると、ふだんはどっちかとさらに聞かれた。

「ふだんって……そういうのは、べつに、ないから」

「ないって、手順にこだわりがないってこと？　それとも最近、そういうことをしていない？」

両方あたりが事実だが、ここ何年も性的な事柄から遠いのだとは成人男性として言いにくい。瀬戸がぐっと詰まってしまうと、彼は「ははあ」と両眉をあげてみせた。

「もしかして、瀬戸さんはあの男としか寝たことがないんでしょう？」

そうだとは言わなかったが、たぶん表情で読まれたらしい、益原は一瞬だけ微笑むと、すぐに真面目な顔になった。

「まだ、彼に未練があります？　彼に義理立てし、操を守っていきたいですか？」

「そ、それはない」

充輝と会わなくなってから、彼を恋しいと思ったことは一度もなかった。

(それに、二十九歳の男に対して、操ってなんなんだ)

この男の感覚も相当おかしいと瀬戸は思う。同性愛の素地がないからそうなのだろうが、瀬戸にもまるで自分の彼女にしているような態度を取る。そのくせ、瀬戸に抱かれる気持ちでいるらしいから、本気で混乱してしまう。

「き、きみこそ、女性としか寝たことはないんだろう。男にされるのは……本当に平気なのか」

不明なことは相手に訊ねてみるしかない。とまどいながら聞いてみたら、彼は「そうですね……」と考えこむ顔つきをした。

（やっぱり……無理だと思っているのか）

あれだけ女性にモテる男だ。瀬戸を充輝から守ろうという親切な気持ちからではあるのだろうが、いくらなんでも男と寝るのはハードルが高すぎなのだ。

益原は選べる立場で、どんな女性ともつきあえるからなおさらだった。

ふたつ年上の同僚で、しかも男とベッドのなかであれこれするなど、いざそれが目前のことになれば腰が引けても不思議はない。

しかし、益原は瀬戸の予想をななめに上まわる返答をした。

「じつは、昨日スマートフォンで、そっち関連のサイトを見てみたんですよ。啓蒙《けいもう》的なのや、グッズなんかの販売目的のサイトとか。実際に目にすると、あれってなかなかえぐいですね。思った以上で、あせりました」

「だったら」

いますぐに前言撤回で降りていい。言いかけた瀬戸の横で、彼はにこりと笑いかけた。

「だけどまあ、相手が瀬戸さんなら平気です。ぶっちゃけ、尻に入れられるのは勘弁ですけど。それ以外ならなんとかなるでしょ」

涼しい顔でとんでもない台詞をかました益原に、瀬戸は絶句するしかない。

（し、尻って……）

　こっちこそ、勘弁してくれと瀬戸は思う。なんで、彼はそんなにもさわやかな口ぶりで、身も蓋もない露骨な発言ができるのか。

　瀬戸が目を白黒させて黙っていると、横から益原が「あれ？」と顔をのぞきこむ。

「瀬戸さん、ちょっと顔が赤い」

　照れてますかと聞かれた瀬戸は、あまりなできごとの連続に違うとも言えないでいる。すると、益原がくすりと笑って、瀬戸の肩を両手で摑み、ベッドの上に押し倒した。

「ほんと、純情なんですね」

　耳に声を吹きこまれ、パジャマのボタンをはずされる。

（ちょ、ちょっと……）

　待ってくれと思う暇にも、上着の前が全開になっていく。器用な手つきと感心するが、直後にはたと気がついた。これでは立場が逆なんじゃないだろうか。

「ま、待ってくれ。なんで、そんな積極的に」

「え。だって、瀬戸さんが可愛いから」

　言いながら、彼はパジャマのズボンに手をかけてくる。瀬戸はあせってその手をとめた。

「やっ、やめろ。俺がする」

　このままでは本気でいいようにされてしまう。もう一方の手を伸ばし、瀬戸は益原の腰を摑んで姿勢を変える。益原はその動きに逆らわず、瀬戸はぐるっと半回転して、彼の身体にまたがった。

「じっとしていろ」

勝手にさわるなと眼下の男を睨みつければ、微笑みながらうなずいてくる。

すこしはあわてろとワイシャツのボタンをはずし、平らな胸を瀬戸が撫でても、彼は余裕の表情だった。

「胸をさわって、そのつぎは……？　乳首を吸ったりするんですか？」

興味津々で、面白そうにしているのが癪《しゃく》にさわって、瀬戸は彼の胸の尖りを痛いくらいに吸いあげた。

「……って」

眉をひそめ、それでも益原はもっとと言うように瀬戸の後頭部に手をまわす。

「で、そのあとは……？　俺のここ、瀬戸さんにいじられて開発されちゃう？」

「やりにくいから、黙ってろ」

「はいはい」

益原は、シーツの上でひじをまげ、両手をあげる姿勢を取った。

「どこからでも、いくらでも、お好きなだけしてください」

（だから、口を閉ざしていろと）

小憎たらしい余裕のポーズをくずしてやりたい。むらむらとそんな気分が湧いてきて、彼の上に身を伏せる。

(見ていろよ。やめてくれと、音をあげるまでやってやる)

彼がとっくに勘づいているとおり、瀬戸にたいしたテクニックはないのだが、指と舌とで広い胸を愛撫《あいぶ》した。しかし、彼のその場所は筋肉がほとんどというたくましいものであり、されたことがないせいか乳首もまったく感じないようだった。舐めても、吸っても、いじっても、彼はもぞもぞと身をよじっているだけだ。

「うーん、と……すみません。頑張ってくれているのはわかるんですが、ぴりぴりして、痛いです」

あげく、そのように残念な申告までされてしまい、瀬戸はその箇所への攻略をあきらめざるを得なかった。

「やっぱり、男って、ここは駄目なもんですかねぇ」

それとも俺がにぶいんですか？　そう言って、益原がつと指を上に伸ばした。

「……んっ」

不意打ちで乳首を摘ままれ、瀬戸はびくりと肩を揺らした。

忘れていたが、パジャマの前は全開で、隙《すき》だらけになっている。瀬戸のほうが上になる体勢で、彼の視野にはそこが丸見えの状態だった。

「だけど、瀬戸さんは感じるようだし……これって、やっぱ個人差の問題ですか？」

「ばっ……や、やめろ……っ」

指先でくりくりと胸の尖りをいじられて、瀬戸はあせって身を引いた。

「もうっ……動くなと言っている！」

頬をゆがめて叱りつけたら、彼はぱたりとシーツの上に両手を落とした。

「はぁい。瀬戸さん、すみません」

緊張感がわずかもない間延びした彼の謝罪に、瀬戸はがっくり肩を落とした。

（……本当にやりにくい）

というよりも、もはや徒労感すらおぼえてくる。やむを得ず、瀬戸は彼のスラックスに手をかけて、金具をはずし、前をひらいた。

（ここなら、さすがに……感じるだろう）

下着の上からねらった部分を撫でてみる。すると、そこが起《た》ちあがる気配を見せた。いい反応に力を得、瀬戸は布地の内側に自分の指をすべらせる。

「どうだ、ここは」

「ん……いい、ですよ」

益原が素直にうなずく。そこで、あらためて下衣を腿《もも》まで引き下ろし、根元を握って、最初はゆっくり丁寧に擦《こす》っていくと、彼のそこがさらに膨らむ。

胸とは違って、ここはすればしただけの成果があがる。瀬戸は膝立ちで、せっせと益原の性器を扱《しご》いた。

「ねえ、瀬戸さん……」

赤くなって、硬度を増した男のそれを、丸めた手のなかで擦っていると、益原がすこしだけ息のあがった声音を洩らした。

「すごく、不思議な……眺めです。あの、瀬戸さんが……俺にこんなこと、しているなんて」

(あの瀬戸さんって、どういう意味だ)

心のなかで思ったら、言わないうちに彼が回答をよこしてくる。

「だって、そうでしょう? 機械部品の調整をしているあなたは……ものすごく、集中していて……誰も、傍に寄れないくらい、張り詰めていて……セックスなんか、頭のどこにもありませんって、様子をしてて……」

上気した顔をして、声をこぼす益原は、これまでに見たことがないくらい艶《つや》っぽい。

(そっちこそ、この反応はおかしいだろう……)

外での益原は、スーツの似合う、いかにもできる営業マンで、美作が言うようにイケメンオーラ出まくりの男なのだ。それが、男の同僚にまたがられ、こんなところをいじられて、気持ちよさそうにしているなんて。

惑いをふくんだ感慨を心のなかに浮かべたら、益原が動かしている最中の右手の指に触れてきた。

「精密機械をつくり出すこの指が……俺のアレを擦ってる。そう思うと……興奮します」

うっとりと告げられて、瀬戸はつい益原の表情に見惚《みと》れてしまった。

（綺麗な男だ……）

女っぽいというのではなく、オスとしての色気を感じる。異性、あるいは同性を自分に惹きつけ、魅了する、すぐれた男の麗しさ。

「これ、ほんと……やばいですね……思ったよりも、すごくクる……」

ちかりと彼の目の端が光を放ち、直後に「はぁっ」と熱を孕《はら》む吐息をついた。

益原は瀬戸がずるいと思うくらいに色っぽく、そのうえおさえた猛々《たけだけ》しさをも滲ませてくる。

（やばいのはこっちもだ……）

そんな思いが瀬戸の脳裏をかすめたとき、益原が左の腕をそっと摑んだ。

「これ、舐めていい……？」

腕時計をはめている手首のところにはさわらない。もうすこし上の部分を握りこみ、彼は自分の顔のほうに持っていく。そうして、益原は自然なかたちで伸ばされていた瀬戸の指先にキスをした。

「かたちのいい、長い指……」

つぶやいてから、彼は人差し指の爪の部分に歯をあてた。

「……んっ！」

カリ、とかるく齧《かじ》られたその瞬間、瀬戸の背筋に電流を通されでもしたような感覚が走り抜けた。

そのあとでおぼえた疼《うず》きは、まぎれもなく股間《こかん》から発するもので、瀬戸は自分が欲情したことを知った。

（なんで……こんなに）

それは、いままでに感じたおぼえがないくらい、純粋な情欲だった。

（触れて、扱いて、達《い》かせたい）

そして、彼が射精するのを見てみたい。単純な、しかしそれだけに強い情動。瀬戸は本能がそそのかすまま、益原のペニスを熱心に擦りあげた。

「どしたの……瀬戸さ……急に、激しく……」

益原の口調がつねより柔らかく、いつもは強い眸の力もいまは潤みを帯びている。そのことにも心が揺らされ、瀬戸はますます手の動きを速くした。

「なに、それ……色っぽい顔を、して……指が、感じた……？」

ならばもっというように、益原が瀬戸の指を口にふくんだ。ちゅっと音を立てて吸い、

それから舌を絡ませてくる。

唇を窄《すぼ》めて指を舐めながら、こちらを見あげる表情が卑猥《ひわい》なほどに艶《なま》めかしくて、おぼえず瀬戸の下腹が重たくなった。

「……っく」

唇をゆがめてかすかに喘《あえ》いだら、手にする彼のそこの先からじわりと体液が滲み出す。

「あ……瀬戸さん……それ、やば……」

煽《あお》って、煽られて、反応しすぎと思うのに、兆した瀬戸のその場所はどんどん熱くなっていく。

いつのまにか知らないうちに腰が揺れていたのだろう、指の股《また》に舌を這《は》わせていた彼がそのことを指摘した。

「いやらしいね、腰振って……。勃《た》っちゃって、我慢できない……?」

言いあてられて、瀬戸の頬が熱を持つ。

「俺のを擦って、気持ちよくなったんだ?」

満足そうな笑みを見せられ、頭にかっと血がのぼる。

「からかうのは……」

「そうじゃない……こっちだって、男だから……そういうのは、すごく、うれしい」

真顔で告げられ、瀬戸は唇を噛み締めた。

（くそ……）

いったいなんなんだと、瀬戸は思う。益原に指をしゃぶられて、欲情し、性器が疼いてたまらない。益原の表情にも、言葉にも、気持ちが揺れて、どうしようもなくなっている。

（たまっていたんだ……たぶん、そうだ）

このところ、充輝のことで頭を悩ませていたせいで、自分で慰める行為をまったくしていなかった。おそらくは生理的な反応としてこういうふうになっているのだ。

（いいからもう、出してくれ……）

これ以上彼に言葉で煽られたくない。熱意をこめて、いい加減濡れていたそれを擦ると、益原は腰を小刻みに震わせた。

「瀬戸さん……そこ……も、達きそ……っ」

わななく息を吐き出して、快感の極まりを告げてくる。うっすらと額に汗したその顔を見ていると、なぜか胸が苦しくなった。

「瀬戸さんの手っ……俺の精液で、汚して、いい……っ？」

言いながら、彼が瀬戸の左手に自分の指を絡めてくる。うなずくと、彼は五指をしっかりと瀬戸のそれと結び合わせ、背をしならせて精を放った。

「……うっ」

低く喘ぎを洩らしたのは、自分なのか、益原なのか。瀬戸が彼より持ちこたえられたのは、直接の刺激がなかったというだけだ。

「だ、出したから、これで……いいな」

瀬戸は濡れた手をそのままにそそくさとベッドを下りる。股間が突っ張ってどうしようもなくなっていて、これはもう自然におさまりそうもなかった。

(とにかく……トイレに)

射精した瞬間の彼の顔は見ていない。それへの欲を感じたにもかかわらず、達くときの益原を見なかったのは、それを目にすると本気でまずいと思ったからだ。

ぎくしゃくと歩き去る瀬戸の背中を、彼はじっと見ているようだ。

どんな表情を浮かべているかはわからない。ベッドの上で彼は沈黙を保っていて、瀬戸はこの状態をからかわれることもなく、急いで部屋を出ていった。

† †

それから半月が過ぎていき、世間は黄金週間《ゴールデンウイーク》と呼ばれる時期になっていた。

ここにいたるまで、瀬戸は迷惑料として、益原に金を渡そうとしたのだが、彼はそれをにっこり笑って謝絶した。

――俺に悪いと思うなら、あっちの方面でサービスしてくださいよ。俺にはそれがいちばんのごほうびなので。

ね、瀬戸さん……と甘ったるい声と笑顔に誑《たぶら》かされて、瀬戸は結局その晩も彼の身体を熱心に愛撫した。

そんなこんなでここのところほぼ毎日、彼は瀬戸に達かされているのだが、基礎体力が違うのか、連休前の忙しさをくわえてもバテる様子をまったく見せない。かえって、それにつきあう瀬戸が消耗してくる始末だった。

「おはよう、瀬戸さん」

連休二日目。瀬戸がキッチンに顔を出すと、レンジの前から益原が振り返る。

「今朝《けさ》はフレンチトーストをつくります。俺はシナモンをかける派ですが、瀬戸さんはどうですか？」

「……なしでいい」

オーケイとかるく応じて、益原が割った卵に牛乳を入れて混ぜる。まもなく金色のフレンチトーストができあがり、彼はそれをシーザーサラダの横に並べた。

前に瀬戸がおいしいと言ったからか、食卓にはリンゴのコンポートの器もあって、そこにカフェラテを合わせると、充実の朝食メニューが仕上がった。

「今日は午後からＤＶＤをレンタルしに行きませんか。瀬戸さんの好きなあれを一緒に観《み》ましょう」

益原が言った『あれ』とは、昔アメリカで放映していたテレビドラマで、西部開拓時代の家族の日常をえがいたものだ。かつては日本でも吹き替え版が国営放送で流されていて、ぜんぶで二百話とすこしある番組は現在ＤＶＤに収録されて、レンタルビデオ屋の棚に並んでいるのだった。

「いいけど……」

言いさして、瀬戸はふと気がついた。

「きみはこの前の週末も、俺につきあって家にいただろ。連休なんだし、どこかに出かける予定はないのか」

益原は先週の土曜日は出勤したが、日曜は読書をする瀬戸の隣でごろごろしていた。そのとき、彼が観ていたテレビの番組から繋がって、今回のＤＶＤを借りる話になったのだ。

「出かけるよりも、俺はいま料理をおぼえたいんですよ。だから連休は家にいます」

益原は器に入ったリンゴのワイン煮を眺めながら「これを使って、べつの料理もつくれるかな」とつぶやいている。

「きみに料理の趣味があるとは思わなかったな」

意外に思ってそう言うと、どうしてですかと彼が訊ねる。

「いや……前に趣味を聞いたとき、アウトドアでするものばかりだったから」

「ああ、あれね」

思い出したか、益原がにこりと笑う。今朝の彼は長袖のカットソーにコットンパンツを合わせていて、その都会的な風貌によく似合うセンスのいい着こなしだった。

「ああいうのはいったんお休み。俺はいま、ちょっとした使命感に燃えているので」

「使命感……？」

「瀬戸さんをこれ以上痩せさせないこと」

瀬戸は驚いて、両方の眉をあげた。予想外と思うと同時に、なるほどという部分もある。

（ああ、そうか……だから、なのか）

最初に瀬戸をこの家に泊まらせたとき、翌日の食卓に置いていたのはコンビニで買ってきたものだけだった。それが、しだいにつくり置きの料理の皿を前もって冷蔵庫に入れておくようになり、それも簡単な野菜いためのたぐいから、もうすこし凝《こ》ったものへと変化しつつあったのだ。

「瀬戸さんは皿数を多くすると、面倒がって食べないでしょう。だから、ワンプレートで食べられるカフェご飯みたいなものがいいのかな、と」

「それは……でも」

自分のために手間をかけてくれるのは、彼に対して申しわけない。その思いでそちらを見ると「駄目ですよ」と返された。

「遠慮しないでくれませんか。俺としては瀬戸さんに痩せられるとプライドが傷つきますので」

「プライドって……」

「俺と同棲《どうせい》してるのに、その相手が痩せ細っていくなんて、男の沽券《こけん》にかかわります。瀬戸さんには、休みの日くらいおいしいものを口にして、のんびりしててほしいんです。いまのところ、それが俺の最大の趣味なんですから」

同棲は違うだろうと思ったが、そこだけが修正すべきポイントなのかはわからない。迷った瀬戸は結局なにも言えないで、綺麗な焦げ目をつけているフレンチトーストをたいらげた。

「……甘い」

フォークを置いて瀬戸がぽつりとつぶやくと、向かいで益原が表情を曇らせた。

「甘すぎましたか？」

「いや……そうじゃない、けど」

カフェラテを口にしながら、瀬戸は内心で言葉をつづけた。

（甘いのは、益原だ）

瀬戸のために料理をおぼえると彼は言う。夜のことも、瀬戸に愛撫はさせるけれど、それ以上の――たとえば益原からさわるとか、キスをするとかの――行為などは、瀬戸が嫌がれば決してしない。

あきらかに外遊びの好きな男が、この連休は瀬戸と借りてきたテレビドラマを観ようとしている。

(どう考えても、俺のほうに合わせすぎだ……)

しかも、それが楽しいのだと、彼はその表情と行動でつたえてくるのだ。

「明日は秋葉原の電器屋をぐるっとまわって、それからカフェで昼飯を食べませんか。今後のメニューの参考にしたいので」

たいがいにぶい瀬戸にしても、彼の言うそれらはみんな自分のためだと理解できる。

益原は、自分の家に瀬戸を住まわせ、おのれの時間を惜しみなくそそぎこみ、それがちっとも負担ではないらしいのだ。

(なぜ、益原はそんなによくしてくれるんだ……?)

それが知りたいと考えて、瀬戸もまた自分がすこし変わったことに気がついた。

他人の言動が気になって、その心根が知りたいと本気で思う。それはこれまでの自分には決してなかった気持ちだった。

「益原さん……」

「え、なんですか?」

「いや……。皿洗いくらいなら、俺も手伝えると思う」

だけど、やっぱりこちらの想いをうまく口にできそうになく、瀬戸は残りのカフェラテを飲み干した。

この連休はじつにおだやかに過ぎていった。

借りてきたDVDを益原と観て、彼のつくった料理を食べた。調理をするとき、瀬戸も多少は手を貸して、ニンジンやタマネギの皮剝《かわむ》きを請け負った。タマネギを刻むのも手伝ったのだが、目が沁みるから鼻栓をしようかと瀬戸が言ったら、益原は『やめてください』と腹をかかえて爆笑した。

† †

連休三日目には益原が言ったとおり、電器屋めぐりをしたあとで、しゃれたカフェで食事も摂《と》った。彼は前もって調べていたのか、迷わずその店に入っていって、スペシャルランチをふたつ頼んだ。

――この、サーモンのあぶり焼きはおいしいですね。瀬戸さんはこっちのスープはどうですか。

――うん。美味い。

――なら、エンドウ豆のポタージュも俺のレシピにくわえましょう。

カフェのなかでは人の目を感じたが、それが男ふたりでいるせいなのか、益原が興味を持たれているのかは不明だった。だが、どちらにしても彼は周囲の視線をまったくと言っていいほど気にしなかった。女性客のひかえめな、あるいはあからさまな視線を浴びても、見事なまでに彼はのびやかに振る舞っていて、瀬戸以外にはいっさい関心を向けなかった。

そうして宣言どおり、彼はつくれる料理の幅を広げていったが、そのほかには協力して窓ガラスを磨いたり、レンジまわりの掃除をしたり、ふだんはできない家の雑事もおこなって、さっぱりしたなと満足してうなずき合った。

それから、この休みのあいだに瀬戸は一度だけアパートに戻っていって、読みたい本を取ってきたが、そのときも益原がついてきた。

——自分の家だし、きみがついてこなくていいのに。

——買い出しのついでですから。それに、ひとりで留守番は退屈ですよ。

退屈だから、そのあいだにべつの誰かと楽しむという発想は益原にはないようだった。

そのあと、思っていたよりも持ち出す本が大量になったので、益原は自分がついてきてよかったでしょうとおおいにいばり、瀬戸を苦笑させたのだった。

そしてそののち、連休五日目の朝食どきには、益原手製のワッフルを食べながら日本科学未来館で遊ぼうという話もしたが、結局それは取りやめた。

「わざわざひとの多いときに出かけることもないですし。そのうち普通の週末に行ってみましょう」

それもそうだと瀬戸はうなずき、ついで不思議な気持ちになった。

（あたり前みたいにして、先の約束をしているな……）

なにより謎《なぞ》に思うのは、益原とこれだけべったり過ごしていて、すこしも気詰まりではないことだ。あんなに気の合わない仲だったのに、いつのまにかすっかり彼になじんでいる。朝から晩まで益原が傍にいて、なのにそのことを当然みたいに感じているのだ。

（きっと、それは益原のやりかたがじょうずだからだ）

以前、彼には『あなたは本気でうといところがあるから』と言われたが、瀬戸にだってそれくらいの自覚はある。

自分は決して人づきあいがよくなったわけではない。ふたりがなごやかにしていられるのは益原の距離の取りかたが絶妙だからだ。

踏みこみすぎず、かといって、気持ちの上での隙間もつくらず。

（彼はどういう人間だろう……）

どんな生活が、彼という男を育《はぐく》んできたのだろうか。人づきあいがうまいのは、もともとの性格なのか。それとも、なにかしらの原因があったのか。

しばしば瀬戸は本を読んでいるうちに、そのようなことを考え、気がつけば手をとめて彼についてのもの思いにふけっていた。

五月晴《さつきば》れの昼下がり。光の差しこむ明るいリビングのソファに座って、瀬戸はこのときも本から関心が逸れてしまい、自分から数メートル先にある彼の横顔を目に入れた。

（……ずいぶん熱心に観ているな）

益原は今日もレシピを増やすのだと言っていたから、たぶん手にしたスマートフォンでその手のサイトをまわっているのかもしれなかった。

瀬戸がぼんやりと彼の引き締まった顎のラインや、高い鼻梁《びりょう》や、長いまつ毛を眺めていると、ふっと彼がこちらを向いた。

「ん？　なんですか？」

気配に敏《さと》い益原は、どうやら瀬戸に見られているのを勘づいたようだった。リビングの床の上から腰をあげ、こちらに来ようとしたときに、しかし突然手にした機器から呼び出しの音が鳴る。

「あっ、と。……すみません」

あやまる必要はないと思うが、彼は右手で拝むような格好をして、そののち電話の相手と話をしはじめた。

「ああ、真由美《まゆみ》。ひさしぶり。……え、飲み会なら俺はパス……そっちも、しばらくは無理だから……や。そのことは突っこまない方向で……あー、うんうん。それはあいつに話をつけとく」

くだけた口ぶりは、相手との親しさをあらわしている。なんとなく聞かないほうがいい気がしたので、瀬戸は自分の部屋にしているスペースに引っこんだ。

（ここもずいぶん俺のものが増えてきた）

簡易ベッドに、本が詰まったカラーボックス。壁のところのクロゼットには瀬戸の服が入っている。

益原のマンションにはもとからほとんどの日用品がそろっていたから、持ちこんだ私物はさほど多くはないが、それでも徐々にここでの生活が根を張りつつあるのを感じる。

益原と一緒の暮らしは思った以上に居心地よくて、大学のときからのアパートよりもむしろ落ち着くくらいだった。

（だけど、俺の部屋じゃない）

さっきの電話であらためてそれに気づいた。益原には彼本来の生活がある。瀬戸がこの部屋で暮らしているのもいっときのことなのだ。

「すみません。なんか、学生のときからの友人がいろいろと言ってきて」

簡易ベッドに座った瀬戸が本の背表紙を眺めていたら、益原が入ってきて隣の場所に腰を下ろした。

「たいした内容じゃなかったですから。気を遣わせてしまいましたね」

「いや……べつに」

どうしてだろうか。なんだか益原の顔が見づらい。瀬戸が彼とは反対側に視線を流すと、この連休で初めて気詰まりな気分が襲う。

（そういえば……電話の相手は女性だった）

さっきの相手が彼女ではないにしても、益原には彼女がいるのかもしれないのだ。もしもそうでなくたって、いずれ益原には彼女ができる。

（……連休明けには、この部屋を出ることを考えよう）

その前に、なにかお礼ができればいいがと瀬戸は思った。

益原は何度言っても、宿賃や食費の受け取りを拒否していたから、お金に代わるべつのもので感謝の気持ちをしめしたい。

「その……益原さん？」

そう決めて、隣にいる男に言うと「なんですか」とひそめた声音で返してきた。彼の面にはすこしばかり気遣わしげな色があり、瀬戸がこれから言うことを真剣に聞こうとしている。

益原はいつもそうで、瀬戸と向き合っているときは、こちらの口調も、表情も、決してのがすまいとする。

大事に思われているんだな……と、そんなことをしみじみと実感すれば、瀬戸の胸がぎゅうっと絞られる痛みをおぼえた。

「あ、と……益原さんは……」

なにをどう言えば、彼の気持ちを聞き出せるのかわからない。結局、瀬戸は不器用にもほどがある問いかたをした。

「いま、なにか欲しいものか、行きたいところがあるだろうか」

あまりにも直截《ちよくさい》な質問になったせいか、隣の男が目を丸くした。

「い、いや。いまいちばんあったらいいなと思う品とか、そうしたい気持ちだけはあるけれど、自分ではなかなか行けない場所とかが」

もごもごと言葉を足すと、益原は頬をゆるめた。

「そうですね……。品物じゃないけれど、欲しいものはありますが」

それがなにかは語らずに、益原は目を細めて瀬戸を見る。

「とりあえず、俺が行きたいと思う場所は……んっと、どこかな……ああ、そうだ。最近は仕事に追われてダイビングをしていないので。たとえば、モルディブ諸島とか。近いところでは小笠原もいいですね」

うれしそうな顔をした益原の目つきがやさしい。こちらを見てくる彼の視線で肌を撫でられたような気がして、瀬戸は心臓を跳ねあげた。

「綺麗な海で、色とりどりの魚を見たら、きっとすごく楽しい気分になるかなって思うんですよ。もちろん気が乗らなければ、無理に潜らなくてもいいし、ボートの上で海と空とを眺めるだけでもかまわないから」

ずいぶんと楽しげな彼を横目に眺めながら、瀬戸はやたらと心拍数が増えている。

(俺は、なんで……妙にどきどきしているんだ)

おかしいだろうと息を吸い、瀬戸は頬を引き締めた。

「それなら、俺が旅行券を用意する。これまでのお礼なので、辞退せずに受け取ってくれないか」

「これまでの……？」

どういう意味かと、益原の表情もあらたまる。

「俺はあなたと行きたいと言ったつもりなんですが。これまでのって、どういう意味です？」

眉間に皺を寄せ、益原は詰問口調になっている。一転して険しくなった雰囲気にはひるんだが、ここはきちんと自分の意向をつたえておくべきだろう。

「この連休が終わったら、俺はここを出ていく気でいる。きみには世話になったから、せめてものお礼の気持ちで……」

「駄目ですよ」

皆まで言わせず、益原が怖い顔をしてこちらを睨む。

「瀬戸さんをあのアパートには帰しませんから」

「で、でも。いつまでもこの部屋にはいられないだろ。充輝もあきらめたみたいだし、そろそろ俺は戻ってもいいかと思う」

益原のマンションに移ってきてから、瀬戸は一度も彼と遭遇していない。この連休中もずっとそうで、益原に瀬戸とつきあっていると言われて、きっとあれ以後は追いかける気をなくしたのだ。

瀬戸が自分の推測を口にすると、益原は「甘いですね」と厳しい調子で言い捨てた。

「瀬戸さんのその見こみは、ちょっとばかり楽観的すぎるんじゃないですか。ついこのあいだも、このマンションの出入り口をチェックしているあやしげな男を見ました。俺にはあいつが瀬戸さんをあきらめたとはとうてい思えないんですが」

「だが、どうしてだ。きみはなぜ、充輝のことをそんなふうに考える？」

益原の剣幕には押されたが、だからといって得心できない。瀬戸が怪訝《けげん》な面持ちで見返すと、益原はそんなこともわからないかと言うような顔をした。

「なぜって、俺はいくつかの事実を知っているからです」

あきらかに機嫌をななめにしている男は、声までも刺々しくなっている。

「うちの会社の営業部にはあいつとおなじ大学出の人間がいるんです。彼らに向井を知っているかと訊ねたら、友達だって男がいました。その男は俺の質問にこう答えてくれましたよ——向井なら、また新しい彼女ができたようですね。この連休に遊びに誘ってみたんですけど、その子と別荘に行くからって言われたので——ってね」

言いながら、瀬戸の反応を探るように益原が凝視してくる。瀬戸を疑い、試すようなまなざしは、心あたりがないだけにこちらをとまどわせるばかりだった。

「なぜ……きみがそんなにもむきになるんだ？」

この男の気持ちが知りたくて聞いたのに、益原はにぶい瀬戸には言ってもしかたがないとでも思ったらしい。それには答えないままで、問いに問いをかぶせてきた。

「この休みが終わったら、絶対にあの男は瀬戸さんに会いに来ますよ。そのときどうするつもりなんです？」

「どうって……どうもこうもないじゃないか」

なじるような声の調子にたまりかね、瀬戸も語気荒く応じ返す。

「彼女と遊びに行ったんだったら、それこそ俺に用はないだろ。俺に会いに来るなんて、どうしてきみにわかるんだ？」

「は。それくらい、見え見えですが？　そんな質問をしてくるから、したくもないのに俺がむきにさせられてしまうんですよ」

こうまで露骨に『おまえはにぶい』としめされると、瀬戸もむっとしてしまう。

「そういう言いかたはないんじゃないか。だいたい、きみが見たというあやしげな男だって、その証明ができない以上、たんなる思い過ごしかもしれないだろう。充輝があきらめていないかどうかも同様だ。きみの言うのは根拠のない想像に理屈をつけただけのことだ」

売り言葉に買い言葉となってしまって、瀬戸も言いざまがきつくなったが、もしも益原がここで「そうか」と引いてくれたら、こちらもゆずる気持ちだった。

言いすぎました、すみませんと応じてくれたら、瀬戸も反省しただろう。

こっちこそ、口が過ぎた。きみがそう思うなら、充輝の出方を見極めるまでもう少しここにいるから。そんなふうに態度をやわらげたに違いない。

しかし、益原はあくまでも突っ張る姿勢をくずさなかった。

「俺のは屁理屈《へりくつ》かもしれませんが、わかっていることもあります。あの男はカモフラージュで女とつきあっているんでしょう？　以前にも、そういうことがあったんだと言いましたよね。あいつは瀬戸さんにいまでも未練たらたらで、そんな男が嫌々女と寝たあとはどうしたいと思います？　そのとき、瀬戸さんはあいつを慰めてやるんですか⁉」

瀬戸はとっさに声も出ず、ぐっと息を呑みこんだ。

充輝がいまだ自分に未練を持っている。それは否定できないが、瀬戸をとがめているような口調に思わず顔がゆがんだ。

(益原は俺に腹を立てている。にぶくて不甲斐《ふがい》ない俺自身を許せないと怒っているんだ)

思うと、同時にいてもたってもいられなくなり、ほとんど恐慌におちいりながら瀬戸は呻《うめ》く。

「……すこし、頭を冷やしてくれ」

そして、自分もそうしたい。瀬戸はベッドから立ちあがり、部屋の出口に向かっていった。

「瀬戸さん……⁉」

愕然としたような男の声が背にあたる。ついで、追いかけてくるような気配を感じ、瀬戸は急いで玄関に駆けていった。

いまこのときに益原につかまって、ふたたび彼と口論するのは耐えられない。

玄関の扉をひらき、通路を走り、エレベーターに飛び乗って、着いた一階のエントランスを駆け足で瀬戸は出ていく。

（ああ、くそ。財布を忘れた）

それでも部屋に取って返す気にはならない。瀬戸はまぶしい陽光を浴びながら、自分が速足で踏みつけている地面だけを見つめていた。

† †

そうして夕刻。瀬戸は益原のマンションに戻る道をたどっていた。

彼の部屋を飛び出していったものの、小銭すらないのでは自分のアパートへも帰れない。街中をあてもなくめぐったのちに、途中で書店を見つけて入り、そこで時間をつぶしたが、それにもいい加減限度がある。

瀬戸はそれでも踏ん切りがつかないでぐずぐずとためらったあと、日がかたむく時刻になって、ようやく益原と向き合う気持ちになったのだ。

（馬鹿だな、俺は……）

ひとりっ子で育った瀬戸は兄弟喧嘩をしたことがなく、親ともほとんど揉《も》めた記憶がなかっただけに、こういう際には関係修復の糸口さえ見つけられない。おまけに自分が逃げたという行為そのものが負い目になって、よけいに帰りづらかった。

（なんで、あんなに怖かったんだ……？）

かつて充輝に口を極めて罵られ、責め立てられたときだって、逃げようと思ったことは一度もないのに。

だがあのときは、益原の苛立つ顔を見るのが嫌で、棘《とげ》のある言葉が痛くて、とにかくあの場から立ち去りたくてたまらなくなったのだ。あげく、なにも持たないで部屋を出て、こうして家出息子のようにとぼとぼ帰るはめになる。

（ほんとに、まったく……）

どうかしていると、瀬戸は重たい息を吐く。

部屋を飛び出してからこの時点にいたるまで、頭に思いえがいていたのは益原の姿だけだ。この連休に益原がエプロンを買うと言い出し、カフェ帰りに寄った店でフリルがいっぱいついたそれを胸にあて、瀬戸を笑わせていたことや、昔のテレビドラマを観ながらたがいに感想を述べ合ったこと。肩を寄せてソファに座り、瀬戸が益原のスマートフォンをのぞきこんでは、つぎつぎに見せられるレシピについての好き嫌いを言ったのも。

そして、それから……瀬戸が益原のベッドの上で、彼の肌に触れていたあの夜の行為について も。

——も、ちょっと……うん。それっ……そこが俺は感じるんです……。

ひとつずつ彼の好むやりかたを教えこまれて、艶めく吐息をこぼす男に『すごくじょうず』とやさしく髪を撫でられた。

ちょっとだけ触れてみたいとねだられて、彼がうなじをさわるのを許したときは、戦慄《せんりつ》にも似た震えが背筋を走り抜けた。

臆《おく》した気持ちで家路をたどるたったいまこのときでさえ、瀬戸の頭と心のなかはどこからどこまでも益原が占めていて、自分でも空恐ろしくなってくるほどだった。

（いつから、こんなに）

貧しい——といまは感じる——瀬戸の日常生活を、益原が彼の色で塗りつぶしてしまったのか。

これまで知識を得ることは瀬戸にとっては有意義であれ、危険なものでは少しもなかった。なのに、彼と過ごす時間がどんなものかを識《し》ったせいで、瀬戸はもはや以前のとおりではなくなった。

もう決して、益原を知らなかったあのときの自分には戻れない。

そんなことを痛いほどに感じながらマンション外壁のクリーム色をあらためて目に入れた

とき。

（……あれは）

建物の玄関部分を飾っている柱の前にひとりの男が立っている。淡い水色に細縞の入ったシャツと、インディゴブルーのジーンズの服装は、数時間前瀬戸が見ていたものだった。

まるで吸い寄せられるように瀬戸がそちらに近づくと、彼がかすかな声を洩らした。

「瀬戸さん……」

どれくらいそこで待っていたのだろうか。彼の唇は白っぽくかさついていて、眸が落ち着きなく揺れている。

「帰ってきて、くれたんですね」

瀬戸は無言でうなずいた。益原は手を伸ばしかけ、中途で拳《こぶし》を握りこむ。

「着の身着のままで出ていったから……ここにいれば、きっと戻ってくれるかと……」

益原は自分が探しに出ていくと、瀬戸が帰ってきたときに入れ違いになるかと思って、この場所でずっと待っていたと言う。

「さっきはすみませんでした」

「いや……俺も、悪かった」

たったそれだけのことなのに、先刻は言えないでいた台詞をふたりでかわし合う。

「ここで立ち話もあれですし……よかったら、部屋に戻ってくれませんか」

ひかえめな態度でうながす益原にしたがって、瀬戸はふたたび彼の部屋の戸口をくぐった。リビングのソファに座ると、ややあって、キッチンから出てきた男が「どうぞ。コーヒーです」とマグカップを差し出してくる。

「あ……ありがとう」

大ぶりの器には薄茶色の飲み物がたっぷりと入っている。コーヒーというよりもカフェオレと呼ぶのが正しいかと思ったが、瀬戸が疲れているかと思い、ミルクの量を多めにしてくれたのだろう。瀬戸がそれをひと口飲むと、彼がほっとしたようにあえかな息を吐き出した。

「きみも……座らないか」

瀬戸が勧めると、益原はソファではなく、その前の床に直接腰を下ろした。

口喧嘩になったときの険悪な空気はないが、微妙な気まずさは残っていて、瀬戸は何度か口をひらいてはまた閉じる。ふたりのあいだにしばし沈黙が流れたのちに、益原の低い声がそれを破った。

「……瀬戸さんの言うとおりです。必要以上に俺はむきになっていました」

ソファの座面に背をつけて、かるく膝をまげた姿勢で、益原がつぶやいた。

「感情的に瀬戸さんを追い詰めて。……あの男みたいには決してなるまいと思っていたのに、結局おなじことをした」

自分の膝に視線を落としたその横顔には苦いものが浮いている。

（あの男って……）

充輝のことに違いないが、益原がそこまでこだわる理由が謎だ。それがなぜかは見当もつけられなくて、瀬戸はちょっとためらってから、聞いてもいいかと彼に訊ねた。

「いいですよ。俺が向井を嫌うのはなぜなのか、瀬戸さんも不思議でしょうし」

万事に敏い益原は、どうやら瀬戸が言う前に質問の内容を察したらしい。うなずくと、こちらに目線を向けないままで話しはじめた。

「つまりは俺の過去に関する問題なんです。あの男は俺がすっかり忘れたと思っていたあることを記憶のなかから掘り起こした。だから、いっそう反感をおぼえたんだと思います」

（あることって……？）

知りたいが、不躾《ぶしつけ》に訊ねていいかわからない。迷っていたら、またも彼が瀬戸の思いを先取りした。

「これは誰にも自分の口から話したことがないんです。起こったできごとはともかくも、俺自身の感覚ではそれほど重大な事柄じゃないですし。あれにはもう決着がついていて、いまはなんの不足もない。と、そんなふうに思いつづけていましたので」

瀬戸は刹那に（嘘だ）と感じた。まったく気にしていないなら、どうしてそれほど沈む表情になっているのか。

「きみが、もし、言いたくないなら……」

益原を傷つけてまで、詮索《せんさく》したいとは思わない。けれども、彼は頭をめぐらせて瀬戸を見つめ、きっぱりと言いきった。

「いいえ。瀬戸さんにはこれを聞いてほしいんです。あなたとは状況もなにもかも違っているけど、俺が勝手に重ねた部分もあったから」

「重ねたって……？」

瀬戸の顔にそそがれていた益原の視線がずれて、腕時計の上へと転じる。胸騒ぎをおぼえた瀬戸が知らず頬を引きつらせると、彼は痛みをこらえるような顔をした。

「俺の父親は機械工具の販売会社をやっていて、ひとり息子が生まれたあとも、かなり忙しく飛びまわっていたんです。当然育児は妻だけにまかせきり。出張とかでしょっちゅう家を空けていて、夫婦のあいだにはろくに会話もなかったということでした」

自分の生い立ちを語っていく益原は、なにに対してかはわからない哀しいような眸をしていて、瀬戸の呼吸を苦しくさせた。

自分はいま、彼があえて意識のなかからのぞいてきた深い部分に触れている。益原は瀬戸にだけ、初めてそれをひらいて見せようとしているのだ。

そうした自覚は瀬戸の身体をより強い緊張感で締めつける。瀬戸は腹に冷たいような熱いような感覚を呑みこんで、ダークブラウンの眸を見つめた。

「俺が四歳くらいのときかな、自分の部屋で遊んでいたら母親がやってきて、突然首を絞めたんです」

なにかわからないつぶやきを洩らしつづける母親は、驚いて抵抗もできないでいた息子の首を思うさま絞めあげたと彼は言う。

「じつは、俺。そのときの記憶はあまりないんですよ。ヘルパーさんがたまたま用事で部屋に来て、それであわてて母親を引きはがしてくれたのは、あとから聞いた話なので」

凄惨な過去のできごとを打ち明けているというのに、益原の語調も表情も平静なままだった。

（だけど、平気じゃないだろう……）

誰にも言わないでいたという、その事実がすでに彼の内心をあらわしている。本当になんとも感じていないなら、もっと早く誰かにしゃべっていただろう。

「それで、どうなった……？」

わだかまりがあるのなら、無理して言わなくてもいいのだとは思わなかった。だから瀬戸はそうつぶやいた。

ここまで明かしたら、最後まで話さなければ、かえって苦しくなってしまう。

誰にも告げずに記憶の底に沈めたそれを、瀬戸と共有しようとするなら自分は決してこばまない。むしろ、こちらから手を伸ばし、その重みを受け取りたい。

瀬戸が益原をまっすぐに見つめると、彼は端整な顔面に自嘲《じちょう》の念を浮かばせた。

「そんなにつらそうにしないでください。とっくに終わったことなんですから。俺の母親は結局育児ノイローゼということで落ち着きました。俺も死なず、あのひとも罪を問われず。そのあと、俺の両親は離婚して、まもなく父親は新しい奥さんをもらったんです。彼女はすごく明るくて、俺にもやさしいひとだったから、義理の仲だのなんだのは一度も感じなかったですね。彼女が来てから生まれた弟と妹も、とても俺になついてくれて、どっちも可愛い子たちです」

まあ、子たちと言っても、大学生と高校生なんですけどね。そう告げて微笑する益原は、屈託がないように見えるぶんだけ、瀬戸から表情を奪ってしまう。

（……殺されかけたことが、あるのか）

だからなのかと瀬戸は思った。

——あなたは彼に殺されそうになったんですよ。しかも、彼はあなたを愛しているはずの人間です。だからこそ、あなたは彼に無防備でいたはずなのに、相手はその信頼を裏切った。

あの夜、公園で益原が語った言葉は、こうした過去があるゆえだ。あのとき、益原は愛する者から突然暴力を受けたことを思い出し、瀬戸のできごとにそれを重ねる気持ちになった。それで、ほうっておけないと、瀬戸を自分のマンションに連れてきて、ふたりはつきあっているのだと充輝に嘘までついたのだ。

（同情と……これは、たぶん益原の言うとおり）

つらい記憶を甦らせた充輝への反感だ。

瀬戸に肩入れしてくれるのは、こちらへの好意というより、過去の自分をおぎなうような心持ちなのだろう。

おなじような経験をあじわった相手には、できるだけやさしくしたい――益原がそう思うから、こんなにもあれこれと甘やかしてくれたのだ。

「……そんな顔をしないでください」

いくぶん益原が困ったように、つくった笑いを浮かべてみせる。

「俺を気の毒に思ってくれているのでしょうけど、ほんとに俺はなにも気にしていないので」

あの男を嫌うきっかけはそれでしたけど、原因はそのほかにもたくさんあります。なだめる言葉に、瀬戸は素直にうなずくことができなかった。

「俺は……」

言いかけて、だけどなにをつたえればいいのかが思いつかない。

もともと瀬戸は、自分の気持ちを掘り下げて見極めるのが得意とは、とうてい言えない性格だった。

そのときどきで移り変わる、確たる実態がないようなひとの気持ちというものよりも、解のある数式や測定実験の結果のほうが、よほど瀬戸には理解しやすい。

（でも、これは……なにもしないでいいようなことじゃない）

なんでもないとなだめられて。気を遣うなと反対にやさしくされて。それで済ませていいのだとは思えない。

瀬戸は近くのローテーブルに自分が持っていたマグカップを置く。それからおもむろに姿勢を変えると、益原と向き合った。

「その……俺は、うまく言えないが……きみは、弱くてもいいと思う」

つねに素晴らしい男でなくても。万事にすぐれた営業マンではないとしても。

（彼がたとえそうでも、俺は……）

つぎの言葉が探せずに、目の前の男をじっと見据えていると、彼がすっとその表情から笑みの成分を消してしまった。

「もし……俺が自分の感情をおさえることができないで、さっきみたいにあなたを追い詰めてしまっても？」

瀬戸はこっくり首を振る。益原は、ごく真面目な顔つきで瀬戸の眸を直視した。

「俺があなたの思うように親切な男ではないとしても？　自分勝手な思いから、あなたをここに住まわせていたとしても？」

瀬戸は「それでも」とうなずいた。

「きみは、俺より二歳下だし……こんなときには、俺に甘えていいと、思う」

「本当に……？」

「うん」

「じゃあ……あなたにキスしても、いいですか……？」

冗談めかした雰囲気はかけらもない。ふだんから迫力ある男の気配が、さらにこのときは真摯な色みを帯びている。ゆっくりと手を伸ばす益原の喉仏がごくりと鳴った。

「嫌だと言わないと、しちゃいますよ？」

そうつぶやいて、なのに逃げないでほしいのだというように、眸には懇願《こんがん》の色が滲む。もとめられるその光の強さに負けて、瀬戸はわずかも動けない。息をひそめて、速まる自分の脈動を感じるだけだ。

「瀬戸さん……」

唇が重なったその瞬間、男の腕が瀬戸の身体を抱きこんできた。ずっとこうしてみたかったのだと、言葉ではなく告げてくる強い抱擁。すこしばかりかさついていた唇が擦るように押しあてられて、瀬戸とおなじ場所を引っ掻く。

「ん……う……っ」

唇を何度も吸われ、顎を益原に摑まれて、口を強引にひらかされた。歯の隙間から入りこんだ男の舌は、歯列も、口蓋《こうがい》も、なにもかも徹底的に舐めまわす。頰の内側の粘膜を両方とも舌先で嬲《なぶ》られたあと、瀬戸の舌に熱く濡れた肉塊が絡んできた。

（う……苦し……っ）

呼気も唾液《だえき》もすすりあげられ、頭のなかがぼんやりしてくる。こんなに濃厚で、卑猥なキスは、瀬戸がまったく知らないものだ。

舌先をふくみ取られ、それを吸い出すようにされ、口の外で益原のと絡め合わせる。そのあとで、突き出していた舌が男の口腔におさめられると、彼はそれを上下の歯ではさみこみ、痛くない程度の力で幾度も扱き立ててきた。

「ん……く……っ……」

舌の根元もその先もじんじんしてくる。執拗《しつよう》な口づけに瀬戸は喘いだ。閉じられない唇の端からは唾液が滴り、顎と首筋を濡らしていく。

これをキスと言ってもいいのかと思うほど、生々しい肉欲を知らしめてくる行為だった。

「ふ……あ……っ、あ！」

瀬戸の身体がびくんと震える。シャツの上から胸を撫でていた男の指が尖った場所を探りあてて摘まんだのだ。のけぞる背中を許さずに、もういっぽうの彼の腕が自分の身体に引きつけ直す。

「ま、す……んっ」

文句を言おうとした口がふたたびキスでふさがれる。またもや侵入してきた舌に口腔内を掻きまぜられて、そのあいだにも胸をいやらしくいじられた。

（……嫌だ、こんな……っ）

乳首が感じるとは思いたくない。彼の肩を固めた拳で殴ったら、唾液の糸を引きながら唇が離れていった。

「すみません……つい、調子に乗りすぎました」

キスで濡れていた瀬戸の顎を、益原が手のひらでぬぐってくる。

「昼間はずっと家の外で疲れたでしょう？　シャワーを浴びてきませんか？　俺はそのあいだ、なにかつくっておきますね」

やさしい口調は無理によそおったようではなく、彼の微笑にも不自然さはない。

（だけど……俺はまた、この男にゆずらせた）

益原のボトムのそれは、着衣の上から眺めてもはっきりと兆しているのに。

弱くていい、甘えていいと言った傍から、この体たらくは駄目だろう。

（それに、俺も……本気で彼を拒絶したかったわけじゃない）

その証拠に、自分の股間もいまだに変化したままだった。瀬戸は立ちあがろうとする男の腕をとっさに掴んだ。

「瀬戸さん……？」

「あ……の、きみが、もし、嫌じゃないなら」

「きみはなにもしなくていいから。そのままじっとしていてくれ」

益原は全開にされたシャツと、引き下ろされたボトムという格好でソファに寝ころび、瀬戸はシャツのみの姿になって彼の身体にまたがっている。とはいえ、ソファはベッドよりもはるかにせまく、益原はひじかけに頭を乗せ、瀬戸は自分の脚で彼の腿をはさむように膝立ちしていた。

† †

「ねえ、瀬戸さん……俺にそうしてくれたみたいに、あなたのシャツも前をひらいてくれませんか」

甘える声でねだられて、瀬戸は否やをつむげずに自分のボタンに手をかけた。

「……これで、いいか？」

「ええ……ありがとう」

その体勢からゆっくりと腰を沈め、前屈《まえかが》みになりながら、彼のその箇所に自分のものを近づけていく。屹立《きつりつ》した彼の性器はたくましくみなぎっていて、瀬戸が擦って勃たせなくても充分な硬度があった。

（俺のも大きくなってるか……）

みとめたくはないのだが、乳首をいじられて感じた証拠に、瀬戸のペニスも快感を露《あら》わにしていた。

「すご……瀬戸さん。こんなこと、してくれるの?」

感嘆の吐息まじりにつぶやく声は、つのる期待にかすれている。

おさえても滲んでくる熱意を感じ、瀬戸もまた下腹に渦巻くものをおぼえながら、彼のそれと自分のものを併せて握った。

(どくどく、してる)

手のひらにおさめたそれをすこしだけ擦ってみると、彼のものが大きさを増す。益原のは瀬戸よりも長さがあって、太さも相当なものだった。

「腰をささえてあげるから、両手で擦っていいですよ」

「ん……」

益原が伸ばしたその手に両側の腰骨を摑まれる。瀬戸は両手でふたりの性器をつつみこみ、リズムをつけてそれを扱いた。

「う……ん……っ……あ……」

いままでにこんな行為はしたことがない。だけど、サービスというのではなく、瀬戸のほうからどうしてもしてみたくなったのだ。自分のとそろえて持った益原の欲望は、手を動かしていくたびに、熱く、硬くなっていく。

益原の興奮が、視覚と、それを握っている手の感触のみならず、ぴったりと添わせている自分の軸からも感じ取れ、どうしようもないくらい瀬戸の情感を煽ってしまう。

「ど……どうだ？　気持ちが、いいか？」

益原のそれとまとめて擦りながら、昂《たか》ぶる気持ちが震わせる声音で訊ねる。

「これ、いい……もっと、して」

瀬戸さんの、すごく熱い。ささやき声が耳朶《じだ》をくすぐり、瀬戸の体温をいやおうなくあげさせる。言葉どおり益原も充分感じているようで、いくらか息をはずませていた。

「うん。この眺めも……すごくいい」

益原が下の位置から瀬戸の顔を眺めあげる。

「み……見るな」

うっとりした視線もそうだし、手につつむ彼のそれが容積を増していくのも、たまらない気持ちにさせる。瀬戸が思わず拒絶の言葉を洩らしたら、益原が腰を摑んだ右手をはずし、つと指先を上に伸ばした。

「どして？　見ずにはいられない。ここがちらちらするのがね、いやらしくて、色っぽい」

「……ぅあ！」

赤く尖った乳首を摘まれ、ひねられて、瀬戸は思わず声をこぼした。

「いい感度」

にこりと笑まれて、カッと頬が熱くなる。

「するな、馬鹿っ」

「だけど、瀬戸さん。俺には下のアレ、さわらせてくれないでしょう？　手持ち無沙汰なんですよ」

怒鳴っても平気な顔で、彼は乳首をぐにぐにと揉み立てる。

胸と、股間と、両方の刺激を受けて、瀬戸の背筋が強張った。

「感じます？　手がとまってる」

すこしばかり悪い顔で指摘され、瀬戸は「うるさい」と言い返す。

「これくらい、なんともない」

「それじゃあ、擦って。俺を先に達かせてください」

言われなくても、と瀬戸は懸命にそこを扱いた。

「あ……は……はあ……っ」

自分の手があたえてくる感触と、益原の充溢《じゅういつ》した男のものが脈打っている感覚が、瀬戸の快感をつのらせる。そのうえ、彼は胸への刺激をやめていなくて、右、左と場所を変え、弱い箇所を揉みあげてきた。

そうされると、自分の意志とはかかわりなくそこが敏感に反応し、瀬戸の悦楽の源をも疼かせる。握った軸の先端からはいつしか滴が滲んでこぼれ、益原のシャツの布地を湿らせた。

「も……さわる、な……っ」

気づかぬうちに腰が卑猥に揺れていた。感じてしかたがないのだと、自分にも益原にも教える動作が恥ずかしい。

胸をいじるなと彼に言ったら、すんなり手を離してくれた。

「やめましたから。代わりにキスして」

「あ……うん」

素直な様子につられて瀬戸もうなずいた。承知すれば、彼の欲求を呑まないわけにはいかなくて、瀬戸は男の唇に自分のそれを押しあてた。

「……これで、いいか?」

「もっと。擦りながら、いっぱい俺にキスしてください」

自分が優位な体勢で彼にキスをするのなら、やめるもつづけるもこちらの自由だ。

瀬戸はそう考えたから、彼の上に顔を伏せていったのに、ほどなくその見通しは甘かったのだと悔やまされた。

「ふ。む……っ……むぅ……うっ……」

舌が益原の口腔に持っていかれて戻せない。離さないと言わんばかりに吸いあげられ、彼の舌で巻き取られて、深いキスがやめられなかった。

(達きた……も……達きたい……っ)

益原のすごいキスで、ますます瀬戸の性感が深く過敏になっている。腰が勝手に振れてきて、いつしか手のひらはべったりと濡れていた。

「んぅ、ん……ん、ん……っ」

達きたくて、達きたくて、たまらない。荒れた息を益原の口内に吹きかけながら、瀬戸は小刻みに腰を揺らした。

（駄目だ……達く……もぅ、持たな……っ）

みなぎるそこがもう限界と感じたとき。突然、益原が瀬戸の舌を解放した。

「ん、あ……っ！」

酸素がどっと肺に流れ、同時にこらえていたものの堰《せき》が切れる予兆が襲う。思わず背中をのけぞらせたその瞬間、瀬戸の軸の先端から精液がほとばしり出た。

「あ、あ……っ」

「く、ぅっ」

わずかに遅れて、益原も快感の頂を越えていく。ふたりぶんの白濁はまとめて益原に降りかかり、彼の胸と顔とを汚した。

「あ。ごめ……」

それに気がついたのは、呼吸がいくらかおさまってきたころで、瀬戸は首をめぐらせてティッシュのありかを探そうとした。

「は……すごくよかった……興奮しました」

益原は自分の汚れも気にせぬふうに、瀬戸に笑いかけてきた。それから唇の端にかかった精液を出した舌でぺろりと舐め取る。

「たぶんこれが、瀬戸さんの」

「……なっ⁉」

瀬戸は思わず顎を引いた。益原の行為にも仰天したし、その際の彼の顔には男の色香があふれていて、心臓が二回連続で跳ねたのだ。

「それで、たぶんこっちのが……」

益原は頬についていた液体を指先で拭い取り、それを瀬戸の唇に塗りつけてきた。とんでもない仕草だと思うのに、入ってくる指先を許したのはどういうわけか。

益原は口腔の粘膜を指先でくすぐりながら、とろりと濡れた声を洩らす。

「あのね、瀬戸さん。これだけじゃ、俺はぜんぜん足りないんです。ちゃんとゴムをしますから、もういっぺんここでしてくれませんか……?」

嫌だと言ってもべつによかった。つけあがるなと、怒鳴ってやってもかまわない。なのに、瀬戸はこっくりとうなずいていた。反発心はわずかもおぼえず、ただもう一度彼の達くところが見たいと思う。

（くそ。俺はきっとこの男を……）

唯一特別な存在だと感じているのだ。

そうでなければ、どうして益原に刺々しい言葉を投げられ、あんなにあわてて逃げたのか。なにも持たずに部屋を飛び出し、街中をうろついている間中、彼のことばかり思っていたのか。そしてまた、マンションの下まで戻り、瀬戸を待っていた益原の姿を見てほっとして、直後に打ちひしがれた彼の様子に胸を締めつけられたのか。

それらはみんな、どれだけ瀬戸が益原に心を占められているのかという証明にほかならない。

(だけど、そのことは……ぜんぶ俺だけの想いだから)

瀬戸が益原と似たような体験を持っているから、彼はこうやって自分のことをかまってくるのだ。

益原の心には、親切な気持からくるやさしさと、充輝への反感しかないというのに、瀬戸だけがまんまと彼にはまってしまった。

瀬戸は曇る自分の顔を見せたくなくて、ティッシュを持ってくるからと、深くうつむいたまま彼から離れた。

長いようであっという間の連休が明けてしまうと、瀬戸はまた開発の仕事に追われる。デスクの上に持ちこまれた分析業務も、試作品の計測テストも山積みで、瀬戸は毎日遅くまで研究室に居残っていた。そして、忙しいのは益原も同様らしく、帰宅はたいてい終電かそれ以降になっている。

†

（今夜も益原は残業だろうな）

駅の階段をのぼりながら、瀬戸はこめかみを指で揉んだ。仕事の疲れより、気鬱が足を重くしている。これから益原の姿を見るかもしれないと考えると、胃がちぢむような気もした。

（だけど……ドアを閉めて寝てしまえば、明日の朝まで会わなくて済む）

たがいの仕事が立てこんで、ふたりがほとんど顔を合わせていないのを、瀬戸は内心でほっとしている。

じつは多忙を言いわけに、この前の土、日の休みも出勤し、益原との接触を全力で避けているのだ。

瀬戸が益原を思うほどには、相手はこちらにそういう意味での関心がない。

連休の最終日にそれがわかって、瀬戸はおのれが揺らぐほどのショックを受けた。

もちろんそのことが自分勝手な考えなのはわきまえている。

益原が自分にとって特別なのだと気がついたのは、その日そのときが初めてだったし、こちらがそう思うから、すぐさま相手にもおなじものを要求するのは理に添わない。

それが充分わかっていても、益原の顔を見るとつらくなるのは、彼が瀬戸にやさしいからだ。

忙しい。疲れている。もう眠い。瀬戸の言いわけを益原はぜんぶ許し、夜のことがいっさいなくても不平不満をあらわさない。そのうえ、自分も多忙を極めているというのに、早起きしてふたりぶんの朝食をととのえたのち、夜のための食事もつくって冷蔵庫に入れておく。

益原は営業という仕事柄、接待やつきあいが多いから、夜は外食がほとんどだ。だから、夕食のつくり置きはつまりは瀬戸だけのためだった。

——きみも、仕事が忙しいのに、そこまでしていかなくていい。俺なら、なにか買ってくるから。

——駄目ですよ。これは俺の趣味なんですから。俺の楽しみを奪わないでくださいよ。

無理しなくてもと瀬戸が言ったら、そんなふうにかるい調子の返答を投げてきた。

屈託のなさそうな彼の笑顔を目にすると、瀬戸はなんだか苦しくなって視線をつい逸らしたが、そのときも益原はなにも追及しなかった。

——残さずちゃんと食べておいてくださいね。

やさしい声で彼は告げ、今朝も早く出るという瀬戸の背中を見送ってくれただけだ。

(俺が益原を避けているのは気づかれていないと思うが……)

さすがに明敏な益原も、こうばたばたと過ごしていては、瀬戸の心理の裏までは見抜くことができないのだろう。事実、そんな推測を裏書きするかのように、つい先日も彼はほがらかな顔と口調ですこし先の約束をもとめてきた。

——そういえば、行こうと言っていた日本科学未来館のことですけどね。ふたりの休みが合うときに、一緒に出かけてみませんか。

そう……彼の側では、なんにも変わったことなどは起こっていない。ごくたまに、益原が目線を遠くにやっているのも、ひそかにため息をついているのも、仕事で疲れているからなのだ。

そうして連休が明けてから十日が過ぎて、今夜はいくぶん帰宅が早い。仕事の切りがよかったのと、グループ長の太田が帰れと命じてきたのだ。

——おうい、瀬戸。今日は早帰り奨励日だぞ。総務からの通達メールにあっただろうが。

そんなわけで、瀬戸はいつものように終電近い時刻ではなく、八時半には研究所をあとにした。

どうしても消せないでいる鬱々としたかたまりが帰宅の足を重いものにしていたが、どこか寄り道をする場所も思いつかない。結局、ふだんの通勤ルートをたどっていって、もうまもなくマンションかと思ったときに、突然ポケットの携帯がうなりはじめた。

表示には益原の名前があり、瀬戸がいまもっとも気にしている男からの連絡に、思わず目が泳いでしまう。落ち着けと自分に言い聞かせてから、通話のためのボタンを押した。

『あ、瀬戸さん？　仕事中ならすみません。メールを送ったんですが、返事がないので、どうかなって』

携帯から快活な声が流れる。もう一度画面を見れば、新着メールの表示があった。

「すまない、チェックしていなかった」

瀬戸の携帯に入ってくるのは、そのほとんどがダイレクトメールのたぐいで、こまめに受信をチェックする習慣がない。益原もそのことを知っていたから『だと思って』のひとことを置いてから、言葉を継いだ。

『今晩は早く帰れそうですか？』

「ああ。もうすぐマンションの前に着く」

『じゃあ、俺――』

そこで、通話がぷつりと切れた。携帯を耳から離して液晶画面をあらためれば、真っ黒になっていた。

（電池が切れたか）

ゆうべも充電はしておいたのにと顔をしかめる。そろそろバッテリーの替えどきということだろうか。

益原がなにを言おうとしたのかが気になるものの、部屋に戻って携帯を充電器に繋がなければ話ができない。瀬戸は足を速めてマンションにたどり着き、エレベーターで上階にのぼっていった。

「充輝……⁉」

益原の部屋の前に立っていたのは、初夏のスーツを身にまとったスタイルのいい男だった。

「おかえり、閑」

こちらを見て微笑む顔が、なんだか影薄く感じたのは瀬戸の気のせいなのだろうか。通路の電灯が照らす充輝は、じっさい顔色がさえないように思われた。

「どうして、ここに」

この場所まであがってくるには、建物に入ったところで部屋番号とそれに応じた暗証番号を入力する必要がある。瀬戸は益原からそれを聞いて知っていたが、充輝はどうやって部屋の前まで来たのだろう。

いぶかしむ視線を向けたら、充輝は「まあ、いろいろね」と言葉を濁した。

「きみが雇った人間に俺がいつもより早く帰ってきたことと、エントランスに入るための暗証番号を聞いたのか？」

充輝の待ち伏せには驚かされたが、彼が会いに来た事実はさして意外ではない。益原がそうするだろうと言っていたし、瀬戸にもその予感はあった。

証拠はないが、そうではないかと思って聞いたら、充輝は否定しなかった。

「……部屋に入れてくれないの？」

上目に見てくる充輝の顔は、どこかいまだに中性的な部分を残し、それが繊細な印象に繋がっている。

かつてはそれに庇護欲《ひごよく》を感じもしたと、昔を思う瀬戸の心は平静なままだった。

「ここは俺の部屋ではないし、そうでなくても入れる気はない」

瀬戸はきっぱりとそう言った。

「俺たちがしゃべっている内容を、ひとに聞かれたら困らない？」

「聞かれて困る話はしない」

瀬戸の返事をつれないと感じたのか、元来こらえ性のない充輝が顔面を赤くした。

「ずいぶん強気に出るじゃない。この部屋に来る前は、俺の待ち伏せに動揺しまくりでいたのにね」

高慢な口調だが、この前充輝と会ったときより押してくる力が弱い。充輝の発言がくやしまぎれと取れるのは……やはり、瀬戸の気持ちが変わったせいだろうか。

「あんな男……。言っとくけど、閑にあいつは似合わないよ。いまは骨抜きにされてるのかもしれないけれど、すぐに冷めてしまうから！」

充輝の台詞は正鵠《せいこく》を射てはいないが、それでもたしかに瀬戸の心に突き刺さった。

(俺と益原は似合わない。親切にも限度はあるし、益原の気持ちもすぐに冷めてしまう)

と、いうよりも、はじめから熱してはいないのだ。彼にあるのは瀬戸が持つ体験への共感と、充輝に対する反感だけだ。

「へえ……。図星だった?」

ほくそ笑む充輝は瀬戸の知る限り、相手の弱みを見つけるのがじょうずだった。瀬戸の動揺を正確にすくい取り、さらに攻撃を仕かけてくる。

「閑みたいに出不精な人間と、あんなリア充男とが、うまくいくはずないんだから。我慢できるのは絶対最初のうちだけで、そのうち面倒になってくるに決まってる」

そうだろうなと思うから、瀬戸は充輝に反論できない。

(そのうちと言うまでもなく、出会ったころから益原は『めんどくさっ』とこぼしていた)

瀬戸は胃の腑に苦いものをおぼえてうつむく。あれほどアクティブな性格で、遊ぶ友達には事欠かない人間が、休みのたびに家にいて、料理が趣味はおかしいだろう。いつの間にか益原の厚意に甘えて、自分はそれを疑問に思わなくなっていたのだ。食事の用意のことにしても、益原の負担のほうが多いのは自明だった。

「ほうらね、やっぱり。心あたりがあるんじゃないか」

まだなにか言いつのろうとしていた充輝を、あげた目線で制止する。

「なに？　……そんなマジな顔して」

「充輝はこの連休になにをしていた？」

わずかにひるんだ表情の相手に静かに問いかける。とたん、彼は唇を引き結び、さっと顔をそむけてしまった。

「彼女と別荘に行っていた。そうじゃないのか？」

「……閑も誰か雇ったの？」

そうではないと、疑いをしりぞける。

「充輝とおなじ大学を出た者がうちの会社にもいるからだ」

淡々と明かした言葉で、充輝は事情を察したらしい。唇を尖らせて「あっそう」と言い捨てる。

「で、どうなわけ？　それを知って、腹が立った？」

「いいや」

本当のことだからそのまま言ったら、挑むような充輝の顔が前ぶれもなくくしゃりとゆがんだ。

「そんなふうに……あっさりと言わないで。腹が立つって怒鳴ってよ。それで……そのあとで、許すって俺に言って」

いまにも泣きそうな充輝のことを身勝手な男だと決めつけるのは簡単だった。これが充輝の演技という可能性もないわけではないだろう。しかし、瀬戸は充輝を責める気をなくしていた。

彼の言うように怒ることも許すこともできない自分は、なにをどうする資格もない。

「充輝。俺たちは終わったんだ」

ゆるやかにかぶりを振って、言い聞かせる口調で告げる。

「俺は、もう……閑にとって、魅力がない……？」

「あるとか、ないとか、そういうのとは違うんだ」

もはや充輝をそういう目で見られない。あのころも充輝を恋しいとは思わなかったが、男女両性のいいところを集めたような彼の姿に惹かれていたのは本当だ。そして、いまでも充輝は同性、異性の双方から、好意を持たれるにふさわしい容貌だろう。

（でも、違う。いまも……たぶん、あのころも）

充輝の心の真実が目に見えるわけではないから、彼もそうだと決められないが、すくなくとも自分のあれは恋には届かないものだった。

たぶん、それは……ある種の情のようなもの。

閑に抱かれてあげるよと驕慢《きょうまん》にしなだれかかり、なのにひとに知られるのが嫌だと泣いた、彼のその不安定さが瀬戸の内にあるどこかの感情を刺激した。

恋ではないが、あのときたしかに自分は充輝に気持ちを揺らされていたのだった。だからこそ、充輝と恋人同士になって……だけど、結局無理だった。

年齢だけは二十歳を越えていたけれど、どちらも未発達な情感をかかえたままで、たがいに食い違い、傷つけ合う方法しか選べなかった。

「でも、俺は……閑が欲しい」

泣き出す寸前の子供のような充輝の訴え。胸に沁み入る哀しみをおぼえながら、瀬戸はゆっくりとかぶりを振った。

「無理だ、充輝」

「なんでだよ。閑なら俺の気持ちをわかってくれると思ったのに」

「できないんだ」

瀬戸はもう自分にとって特別な存在がほかにあるのを気づいているから。充輝とつきあうことはおろか、彼を慰めてやることも不可能なのだ。

「だって、女じゃ勃たないんだよ……！　女と寝るとき、男とやってる自分を頭に思いえがいて奮い立たせる。あのみじめさはっ……誰にもわかってもらえない……っ」

ぽろぽろと涙をこぼし、泣いて訴える充輝の姿は哀れだった。

「なんで、よりにもよって、この俺がこんななんだ……ゲイなんかに……俺はなりたくなかったのに……！」

目と鼻を赤くして、充輝は格好も気にせずにしゃくりあげる。

ふたたび落としてやろうという男の前で、ゲイなんかになりたくないと彼は泣くのだ。子供っぽいとも、我儘ともいえるような言動で、しかしそのおびえと絶望する想いだけは本物だった。

もう二度と手を貸してやることはできないが、充輝のことを哀れと感じる、それは欺瞞《ぎまん》なのだろうか。

（可哀相《かわいそう》だ……）と瀬戸は思う。なにもしてやれないぶん、ただ純粋にそれを思った。

「……俺には充輝を救えない。それは、きっとほかの誰かか、充輝自身のすることだから」

沈む心が自然と頭を垂れさせて、間近の充輝にかぶさるような姿勢になった。充輝がみずからをささえるように瀬戸の腕を摑んできても、振り払おうとは思わない。ごく低く、周囲には届かないほどの声量で、瀬戸はおのれの気持ちをつたえる。

「もう駄目なんだ。俺には特別な人間ができたんだ。あの男は……」

そこまで瀬戸が口にしたとき。いきなり足音が近づいてきて、ぐいと腕を引っ張られた。

「……っ!?」

瞬間、視界がぶれるほどの衝撃に見舞われて、なにごとが起きたのかわからなかった。加減のない男の膂力《りょりょく》が瀬戸を引っとらえ、玄関の内側に放りこんだのだと知ったときには、目を吊りあげた益原が仁王立ちになっていた。

「ま、益原……っ!?」

どうしてここにと眺める男は、いままでに見たことがないほどの怒気を全身から発散している。なぜそんなにも怒っているのかは、彼のまとう気配が怖すぎて聞けなかった。

「俺の部屋の真ん前でデートですか」

「デ、デートじゃない」

「だったら、なんです？　ただ抱き合って、愛情を確かめていた最中とでも？」

うっかりとまずいものを嚙んでしまって、それを吐き出すような口調。瀬戸も益原も玄関を入ったところに立っている。「まあ落ち着いて。靴を脱いでなかに入ろう」とは言わせない迫力が、益原の総身をつつんでいた。

「だっ、抱き合ってはいなかった」

誤解されたと青褪《あおざ》めて首を振る。しかし、益原は瀬戸の動揺を違うふうに取ったようだ。さも嫌そうに口元をゆがめると、片方の手をあげて、瀬戸の顎を摑んできた。

「ねえ、瀬戸さん。俺は、そんな言いわけを聞きたいんじゃないんです。連休最後の日、俺の過去の体験を打ち明けたあたりから、瀬戸さんは様子がおかしくなりましたよね？」

（気づかれていた……⁉）

目を瞠ったその直後、それも不思議はないかと思う。万事につけ敏い男が瀬戸の変調を見抜けないわけはない。そうならいいと瀬戸が思っていたからこそ、そんなことにも気づけなかった。実際には、うまくごまかしていたつもりでも、その不器用なやりくちは見え透いていたのだろう。

「あれは……ただ」

「ただ、なんですか？」

「俺と、きみとは……共通する過去があって……それで、俺にやさしくて、充輝を毛嫌いするのだろうと……」

　自分の推測をそのとおりにつたえたが、たぶんそれでは言葉が足りなかったのだ。言ったとたん、益原はさらに形相を険しくした。

「それで？　元カレを嫌う俺が不快でしたか？」

「いっ、いや。べつに、そういった意味じゃなく。料理つくってくれることとか、俺はきみの負担になっているみたいだし、それで……どうしようかと迷っていて」

　しどろもどろに応じたが、彼の怒りはほんのわずかもゆるまない。どころか、よけいに目つきがきつくなっただけだ。

「俺のすることが負担なのは、むしろ瀬戸さんじゃないんですか？　連休最後の日には、あなたに絡んでこの部屋に居づらくさせて。そのうえ、戻れば戻ったで、調子に乗ってあなたに甘えて。俺がねだって、口でしてもらったときに、あなたは隠していたけれど、つらそうにしていたでしょう？　だから、俺は反省して、あなたになにか強いることはやめようと思ったんです」

だけど、と益原はひずんだ声音で言葉をつづける。

「あなたは沈んでいくばかりだし、俺を避ける様子もあるし。今日はおたがい早く帰れるようだから、一度話を聞かせてもらって、きちんと仲直りがしたいと考えていたんです。なのに、俺が帰ってみれば……」

言いさして、益原は口をつぐんだ。無理に自分をおさえつけているかのように、ぐっと拳を握り締める。それから「はあっ」と深呼吸して瀬戸を見た。

「すみません。これはみっともない言いかたでした。俺は、ちょっとこのことに関しては、度が過ぎるきらいがあるので」

（……そんなにも、充輝に嫌悪を感じているのか）

益原が記憶のなかにうずめていたできごとを掘り返した相手だから、それも無理はないのだろうが。

「俺こそ、きみの嫌がることをしてすまなかった。ただ、本当に充輝とはデートしていたわけじゃないんだ。……その。彼女のこととか、充輝の気持ちとか聞いていて……俺は彼が可哀相だと感じたので」

「……可哀相？」

いったんは静まったかと見えた目に物騒な輝きが浮かびあがる。ぎらりと光る両の眸は、まるで獰猛《どうもう》な獣のようだ。シューズボックスを背中にあてる瀬戸の心臓がいっきに冷えた。

「ま、ますは……」

「早速あいつの手に乗って、ほだされたってことですね？　あの男の泣きごとに同情し、自分が慰めてやらなくちゃと思いましたか？」

「そっ、それはない」

「だったら、どうして可哀相なんて思うんです⁉」

大声にびくりと肩が震えても、益原は猛々しいまなざしを鎮めなかった。

「昔はあの男に殺されかけて。いまは身勝手な理由で追いかけまわされて。なのに、あいつのどこが可哀相ですか⁉」

「……っあ！」

両肩を摑まれるなり、足払いをかけられて、瀬戸の身体が宙に浮いた。背中はそのまま入った先の床に落ち……頭もぶつけるかと思ったが、益原の手のひらがそれをふせいだ。

「益原……っ⁉」

「なんで、あなたはそうなんです！　いつもいっつも、俺の神経を引っ掻きまわして！」

怒声とともに、彼は自分のネクタイをほどき取った。

「あなたは最初からそうだった。意固地で、俺の言うことなんか聞かなくって！」

いままで絶対にさわろうとしなかった左の手首を益原が摑んでくる。乱暴に引き寄せられて、その仕草に愕然としているうちに、右の手もそれに倣《なら》い、両方いっぺんに握りこまれる。

「仕事で組まされるまでは、この俺のことなんか気づいてもいなかったでしょう！　入社式で顔を合わせていたことも、その後の新人歓迎会でおなじ席にいたことも！」

腹に据えかねると言わんばかりの声を落とし、益原が自分のネクタイで瀬戸の両手首を縛《いまし》める。逆らうことも考えつかず、瀬戸は双眸《そうぼう》を見ひらいていた。

（ま……ます、はら……）

彼は、両方の手首をまとめてくくってしまうと、瀬戸が着ていたジャケットのボタンをはずし、下のシャツを手荒い所作でくつろげる。しかも、その途中で面倒になったのか、いっきにシャツを左右に引いた。

（——ッ！）

初夏なので、布地が厚めのシャツの下にはアンダーを着ていない。ボタンが飛んで、剝き出しにされた皮膚を、益原は大きな手の内側で撫で、乳首を摘まみあげてきた。

「や……っ！」

とっさに腕でかばうのを、彼は邪魔だと感じたのか、縛った手首をあげさせる。それから無防備になった胸に顔を伏せ、弱い箇所に齧りついた。

「い、あ……っ！」

がりりと歯をあてられたその箇所は、あまりの感覚の鋭さに、痛みしかあたえてこない。奥歯を嚙み締め、眉のあいだに皺を寄せると、彼は冷たい笑みを洩らした。

「そう……あなたはそうやって、俺のなかから醜い、兇暴ななにかを呼び起こすんだ。女相手では……いや、ほかの誰にも感じなかった手に負えない感情を」

（嫌だ……怖い）

益原は決しておとなしい人間ではない。早くから頭角をあらわしていく人物特有の強い波動を、彼もまたたずさえている。

（でも、これは……そういうのとは種類がことなる）

カチカチと歯を鳴らす瀬戸を見下ろし、益原はボトムの金具に手をかけた。

「い……嫌だ……っ！」

叫んだら、首のつけ根に嚙みつかれた。歯型がついたに違いない強い圧をくわえられ、瀬戸の背中が思わずのけぞる。

「じっとしていてくださいよ。いま、ちょっと、なにをするかわからないので」

男の恫喝《どうかつ》は瀬戸の頭の血を下げた。命じられたからではなく、貧血を起こして動けなくなって、瀬戸は薄笑う男を眺めているしかない。

「ほんとにあなたは腹の立つ男です。こんな真似を俺にさせて愉快ですか？」

スラックスを下着ごとずらされて、股間にあるものをいっぺんに握られる。ほんのわずかも兆しのないその場所は、くわえられた圧迫感に痛みを生じただけだった。

「ねえ……俺に教えてくださいよ」

益原は瀬戸の下衣を引きはぐと、腿の上に自分の膝を乗りあげた。そうされると、脚が動かせなくなって、瀬戸はただ呻くだけだ。

「俺はどこで間違ったんです？　あなたを俺の部屋に連れこみ、ここで暮らせばいいのだと丸めこんだときですか？　それとも俺がもっともらしい理屈をつけて、あなたに愛撫を強要したあたりから？　あるいは、俺が昔の体験を語ったくだりで？」

耳鳴りがして、益原がなにをしゃべっているのかがわからない。瀬戸は馬鹿になったみたいに、首を横に振るだけだ。

「俺のやりかたは強引で、勝手でしたか？　でも、俺なりに……やさしくしようと、思ったんです。あなたを知るたびに、どんどんはまって……あなたが手に入るならほかはなにもいらないと、本気で思っていましたからね……」

「ひ、あ……っ！」

益原が瀬戸の性器を手荒く擦りあげてきた。あらがおうにも、下肢は重みで動かせず、なによりも自分を食い殺したいかのような男のまなざしが瀬戸の心身を凍らせる。

「いや……だ……っ」

「だけど、感じるんでしょう？」

男の言ったとおりだった。愛情などかけらもない男の動作に、しかし瀬戸は反応していた。扱かれるたび、赤みを帯びた軸が持ちあがっていき、その容積を増していく。

「い、や……あ……っ……」

快感などおぼえたくないというのに、擦られればそこが顕著になっていく男の性がいっそ哀しい。眉根を寄せて、縛られた両腕で相手の肩を叩いたら、鎖骨を思いきり齧られた。

「い、た……っ！」

「ほんと、勘弁してくださいよ。あなたは俺にいったいなにをしたんです……？」

引きゆがむ男の顔が、瀬戸から言葉と思考を奪う。なすすべもなく見つめる男は、笑みとも言えない笑いを洩らした。

「こういうのが、それなんですか？　だったら、俺は考え違いをしていました。腹が灼《や》けつくみたいになって。頭のなかがぐちゃぐちゃになってしまって。そのことばかりで、見苦しく足掻《あが》かされて……！」

そのくせ、それをあらわすこともできなくて。男の声は耳に入ってくるものの、それがどういう意味なのか、瀬戸はすこしもわからなかった。

「……ほらね、あなたはそうなんだ。俺の言葉は聞く価値もないんでしょう？」

（ま、待って、くれ）

動転しすぎてなにがどうなっているのかは掴めないが——益原はわざと自分を傷つけている——そんな気がしてたまらない。

「ちっ……違うんだ……」

そんなふうに自分を傷《いた》めつけないでくれ。益原にやめてほしくて放った言葉は、しかしこのときもまっすぐに届かなかった。

「違うって、なにがです？　俺があなたのペニスをいじって、射精させることがですか？」

その内容が聞き捨てならない卑猥なもので、しかもそれが自分の身に起こることとはさとれない。おぼろになった瀬戸の頭は苦しげな彼の響きにだけ反応していた。

「ますは、ら……っ……ます、はら……っ」

自分のなにがいったいどうして彼をここまで苦しめているのかはわからない。

けれども、そのことがまさしく自分の咎《とが》だと感じた。

いまここで、自分にのしかかり、手ひどい愛撫をくわえてくる彼が残酷なのではなく。

これはどうしようもなく、うとい自分の罪なのだ。

「ああ……ん、ん……ひっ」

ぐちゅぐちゅと音がするほど軸を扱かれ、乳首をねぶられ、きつく吸われる。その合間にも、肌のあちこちに歯型をつけられ、瀬戸は自分がどんな声を出しているのかも気づけない。

「い、あ、あ、あっ……で、出る……っ」

痛みと快感に渦巻く身体がのけぞれば、性器の根元を握られた。

「ひ、……っ！」

「まだ、出させてあげません」

ぎゅうっと握られ、瀬戸の腰が痛みで跳ねる。なのに、いやらしくぬかるむそこは萎《な》えるそぶりすら見せなかった。

「痛いのも好きですか?」

「やっ、だ……ます、はっ……放して、くれ……っ」

快感を堰《せ》きとめられたその場所は、ずきんずきんと疼痛《とうつう》を訴えてくる。でも、それよりも、彼をこれほど怒らせた事実のほうがせつなかった。

「瀬戸さんの、もうこんなに膨らんで……いますぐに出したいですよね?」

ことさらに聞いてくる彼の意向が摑めない。だから、そのままうなずいた。

「出したいなら、俺の手で気持ちよくなりたいって言ってください」

苦痛と、快感と、惑乱で、瀬戸の眼前には霞《かすみ》がかかる。命じられるまま、男の言葉をくり返した。

「気持ちよく……なり、たい……」

「俺に達かされたいですか?」

「う……ます、はらに……達かされ、たい……っ」

益原の手淫《しゅいん》はたくみで、根元の痛みとはべつに、先端やくびれの部分を意地悪くいじられれば、毒のような悦楽が駆けめぐる。行き場のない快楽は瀬戸の思考を蒸発させ、問われるままにうなずく生きものに変えさせていた。

「俺のやりかたは好きですか……？」

「す、き、……っ」

「本当に？　もう一回、好きだって言ってください」

「すき……好き、だ……っ……」

望まれるまま、何度も何度も瀬戸は好きだと口走る。うわごとにも似た瀬戸の台詞を耳にして、彼は「くっ」と喉のなかで声を殺した。

「でも、俺は嫌いです……こんな……」

そのつづきがなんなのか知ることはできなかった。いきなり動きが激しくなった彼の手が、瀬戸を快感のるつぼに叩きこんだのだ。

「はっ……あ……ああ……っ」

彼の脚に押さえられて、動きのままならない下肢がうごめく。結わえられた両腕は、身を伏せてうなじに咬《か》みつく彼の上に降りていき……ダークブラウンの髪に触れ、そこを抱くようなかたちになった。

「う、あ、あ……も、そこ……っ」

ぎり、と軸の先端を爪の先でいじめられ、とたん、腰の奥がしびれる。

（……で、も……あたえたいのは……これでは、ない……）

絶頂寸前の愉楽に身悶《みもだ》えさせられながら、しかし瀬戸の脳裏にはなぜかそんな言葉が浮かんだ。

一方的な快感をあたえられている側は、現実には瀬戸だけのはずなのに。

益原の股間には欲望をしめすなにものもなかったし、その表情も苦りきった色だけだ。

「益原……っ……ますは、ら……っ……」

彼につたえる言葉があるはずなのに。口から出るのは、彼を呼ぶ声のみだった。

「そんなふうに……俺を惑わすのは、やめてください……」

なにかで満身を締めつけられてでもいるような、苦渋の滲む響きが瀬戸の心に落ちる。すると、身体のことではない痛みが走り、瀬戸は自由の利かない手で、彼の頭をかかえこんだ。

（……だめ、だ……っ……）

こんなかたちで彼に達かされたくはない。自分が達けば、彼はもっと……。

けれども、巧緻《こうち》な彼の手わざは、瀬戸を快楽の水際《みぎわ》へと容赦なく追い立てていく。快感に濡れそぼった瀬戸のそこは、彼が根元をゆるめた刹那あっけなく埒《らち》を明けた。

「う……あ、ああっ」

放出された精液を、益原は自分の手のひらで受けとめた。そのために、瀬戸の衣服に降りかかる飛沫《しぶき》はふせげていたようだったが、それどころではない惑乱にいまだ心は満たされている。

「益原……俺、は……」

それでも、なにか言わねばならないと瀬戸は思った。たぶん、自分のいたらなさや、鈍感さや、不器用にすぎるやりかたのあれこれを。

しかし、それらを告げる前に、益原は瀬戸の手首からネクタイをほどき取ると、頭を深く垂れてしまった。

「すみません……いまの俺を、見ないでください」

そう言いながら、益原は座った姿勢で瀬戸のほうに背を向ける。

「すこしだけ……時間をください。そうでないと……俺はあなたを壊しそうだ」

益原の広い背中が瀬戸を堅くこばんでいる。あれほど快活で、精気にあふれた男にはない、昏《くら》く閉ざされた雰囲気が瀬戸の喉をひりつかせた。

「時間って……どのくらいだ？」

ようやく声にした瀬戸の疑問に、彼はあいまいに首を振っただけだった。

本人にもわからないのか、それともいつとは言いたくないのか。

瀬戸は感覚をにぶくしたまま床の上に座り直し、ハンカチを取り出して、簡単に身じまいをした。それから自分を拒絶する背中にふたたび問いかける。

「俺は、ここを……出ていったほうがいいのか？」

今度のは前のよりもっと震える声音になった。

（これで……終わりか？）

瀬戸が意固地で、いろんなことにうとかったから。彼の気持ちを無神経に傷つけたから。

「……あるいは、俺が、しばらくべつのところに行く、とか」

益原のつぶやきは、それを肯定するものだ。

「その必要はない。ここはきみの部屋だから」

彼がそう思うなら、もうこの場所にはいられない。瀬戸はのろのろと腰をあげ、壁を身のささえにして立ちあがった。

「その。きみにはずいぶん世話になった。手間をかけさせて悪いんだが、俺の荷物は適当に処分するなり送り返すなりしてほしい」

黙して答えない男の姿を、最後に一度だけ凝視して眸の奥に焼きつける。それから瀬戸は玄関のドアをひらいた。

外気は室内とさほど気温を変えておらず、この部屋に瀬戸が連れてこられたときとの季節の差を思わせる。廊下にはすでに充輝の姿はなく、瀬戸は誰にもはばまれず、エレベーターの方向へと足を進めた。

(あっけなかったな)

彼との同居のはじまりも突然だったが、終わるときも心の準備がないままだった。

元のアパートに帰るために、瀬戸は建物の外に出て、駅に向かって歩きはじめる。

信号を待ち、それが変わって、また足を踏み出したとき目から水滴が落ちたのは——たぶん、瀬戸がまばたきするのを長く忘れていたせいだ。

† †

「瀬戸さん。そろそろ用意しないと」

ノギスを手に美作が瀬戸の横から声をかける。

「着替えもあるし、約束に遅れますよ」

無言でデスクから腰をあげ、更衣室へと歩き出せば、後輩のグループ課員がとことことついてきた。

「お昼ご飯、今日も食べなかったでしょう？　これ、持っていきますか？」

可愛い顔立ちを曇らせて美作が差し出したのは、スティック状の栄養補助食品だった。

「大丈夫だが……ありがとう」

意地を張る気力もなく、瀬戸はぼんやりと笑ってみせた。

「気持ちだけ、もらっておくよ」

瀬戸が言うと、美作が大きな目をさらに見ひらく。一瞬なにか言いさして、彼はにこりと笑顔をつくった。

「はい、瀬戸さん。いってらっしゃい。気をつけて」

「ああ。いってくる」

更衣室で作業服からスーツに着替えて向かった先は、カザマ自動車の工場だった。今日はそこで工作機の最終調整をする予定が組まれているのだ。

クレーム処理後、カザマと万代精機のあいだで、以前に瀬戸が不具合の是正をしたのとはまたべつに、ほかのラインでも修正プログラムと部品の変更を取り入れる話がまとまっていた。そして、瀬戸は関係者としてそれらの工程に立ち会うことになっている。もちろん、益原もその当事者の最たるもので、カザマの工場で合流する手はずだから、ほぼ一カ月ぶりに瀬戸はあの男と顔を合わせなくてはならない。それも、あとさほどもない時刻ののちに。

彼と会うことがつらいのか、うれしいのか、瀬戸は決めかねていた。あれからずっと、どこかのネジがはずれたようになっていて、仕事はともかくそれ以外では、腑抜けのような状態なのだ。

(あの男は……どうだろうな)

自分とまた会うことをどんなふうに感じているのか。さまざまに考えてみるものの、しょせん推測の域を出ない。瀬戸は工場へ向かう電車に乗りこんで、ため息を吐き出した。

(俺のことはもううんざりだと思っていても不思議はないが……)

瀬戸が益原の部屋を出てまもないころ、アパートに荷物が送り返されてきた。梱包《こんぽう》された箱を開ける勇気はすぐに出てこなかったが、ずっとそのままにもしていられない。震える手でひらいたそれには衣類そのほか、当座どうしても必要だと思われるものがあったが、瀬戸が持ちこんでいた本だのなんだのは入れられていなかった。

（処分したのか、それとも……）

まだ繋がりがあるのだと思っていてもいいのだろうか。荷物を前に瀬戸はさんざん悩んだが、彼の気持ちはどちらとも量りかねた。

そうして瀬戸が自宅に戻ってひと月が過ぎ、ふたたび益原と仕事で組むことになる。昼下がりの車内はエアコンが利いていて、以前は暖房だったなと思ったとたん、あのとき隣に立っていた彼の姿が脳裏に浮かんだ。

（あとすこしで益原に会う）

あらためてそれを思うと、背筋をおののきが走り抜ける。

（……怖い）

ぶるっと震え、それから見るともなく車窓の景色を眺めながらつくづく痛感してしまう。

本当に益原は瀬戸にいろいろな感情を植えつける。

相手からどう思われるか気になること。その男に気を許してくつろぐこと。彼のことばかり考えて、どうしようもなくなってしまうこと。会いたくて、だけど会うのが無性に怖いと思うこと。

これらのすべては益原と出会ってから知った想いだ。

「あ。いらっしゃいませ。どうぞ、こちらに」

カザマ自動車の門をくぐり、製造施設の受付で社名を言うと、作業服の男性課員が生産ラインの現場に案内してくれる。

「御社営業の益原さんも、さっきこちらに来られましたよ」

彼の言うとおり、通路の先にはスーツ姿の長身の男がいる。瀬戸がそうとみとめた刹那、心臓が大きく跳ねたが、意志の力で足をとめはしなかった。

「お待たせしてすみません」

「ああ、いやいや。約束どおりの時間ですよ」

「それじゃ、ぼちぼちはじめましょうか」

益原と一緒にいたカザマ自動車の製造課長と品質保証課の課員たちに挨拶をして、制御装置の前に座った。彼らは通路のなかほどに立ち、ガラスの向こうでおこなわれている作業工程を見守っている。

「今後はHVの生産がメインになってくるんでね。稼働率をあげたところでの歩留まりがどうなるか。そのあたりが気になる部分ではあるんです」

「そうですね。製造原価を考えるなら、フル稼働が望ましいとは思いますが。新設ラインではいかがですか？」

「そっちはまだ様子見の段階でしてね。目立った問題点はないようなので、このまま進めていくつもりです」

益原と製造課長がそんな話をしているのが聞こえてくる。今回、変更する工程はクレーム処理のときとおなじで、皆もリラックスした様子をしていた。

「総員退避！」

「安全点検終わりました！」

「了解。三……二……一。再稼働スタート！」

「引きつづき、作業工程をチェックします」

「——流しこみよし——取り出しよし——機械加工よし」

「エンジン鋳造工程よし。完成品検査終了後、通常運用に入ります」

作業はこの前の順序どおり終了し、製造ラインの工程がスムーズに流れていくのを確認してから、現場を離れる。

「おつかれさまでした」

「それではよろしく」

「ありがとうございました」

製造施設の玄関でそれぞれ頭を下げ合ったのち、益原とふたりして門へと向かう。時刻は夕暮れすこし前。いくぶん湿り気を帯びた大気は生ぬるい。

この敷地をこうして歩くのは二度目だが、瀬戸はかつてない緊張をおぼえていた。

(俺は……どうすればいい……?)

このまま無言で別れてしまいたくはない。だけど、話の持っていきかたがわからない。あせればあせるほど、パニックにおちいって、瀬戸はしゃべることはおろか、息をするのも苦しいほどだ。

どうにか口をひらいたときは、瀬戸の額に冷や汗が滲んでいた。

「その……元気でしたか?」

「おかげさまで。……瀬戸さんはいかがでした?」

「あ……俺は、普通だが」

以前よりも他人行儀な彼の口調が胸に痛い。うつむいて返したが、彼が見たくてもう一度面をあげる。

おそるおそる視線を向けたその先で、ととのった男の顔が社交的な笑みを浮かべた。

「それはよかった」

「ああ、うん……それで、あの」

無理に会話を引き延ばそうとしてみたが、話の接《つ》ぎ穂《ほ》に困ってしまう。

(くそう。俺は……)

益原が調子を合わせてくれなければ、しゃべることさえままならないのか。それでも、なにもしないまま「さようなら」と言われたくない。迷ったあげく、なんとか話題をひねり出した。

「え、と……田之倉重機に搬入する工作機の件、うまくいったみたいですね」

話を振れば、なんとかなるかと思ったが、益原はこちらを見ながらうなずいただけだった。

「あ、荒木……主任は、こだわりのある男、ですが……コツさえ摑めば、そうむずかしいことも、ないので」

「ええ。そうですね」

愛想よく相槌を打ってくれるがそれだけで、またもこちらが話をする番になる。

「あの……バームクーヘンは、なんという店のものです?」

会話の流れとは関係ないが、あれこれ選ぶ余裕もない。うろうろ視線をさまよわせて考えて、そのことを思いついた。

「福崎屋です」

「お、れは……あれを、食べそこねてしまったから……今度買いに行こうかと」

べつに菓子を食べたくはないのだが、そう言えばとりあえず話はつづく。

「瀬戸さんが……?」

今度は益原が興味を引かれた反応をしめしてくれた。瀬戸はそれに力づけられ、ほっと肩の力を抜いた。

「あ、うん。よければ、場所も教えてほしい」

二十九歳の社会人にはあるまじき拙劣《せつれつ》な言いかたの連続だったが、体裁を取りつくろってはいられない。大きく瀬戸が首を振ると、彼がのちほどメールを送ってくれると言った。

（そうか。もう二度と連絡はしないとか、そんなつもりじゃなかったんだ）

そうと知って、安堵感が胸に沁みこむ。

瀬戸が益原のマンションを出ていってから、彼が電話やメールをよこすことはなかった。瀬戸のほうも『すこし時間をください』と言われたうえは、自分のほうから連絡するのもためらわれ、荷物受領の報告とお礼のみをメールでつたえただけだった。

（俺のほうからはたらきかけたら、なにかが多少でも変わるだろうか？）

その望みが瀬戸を押し、いくぶん痩せたかと思える男に声を発した。

「か、買って食べたら、その感想をメールで送る。前にきみと一緒に行った、あのカフェのランチも食べる」

益原はあの店のメニューを知りたがっていた。もういらないかもしれないがとは言いたくなくて、目をつぶりたいほど怖くても無理にしゃべった。

「スペシャルと、本日のおすすめとを頼むから。どんな献立かわかったら、それもきみにメールする」

口早にそれだけ言うと、彼がわずかに眉をあげた。驚いたのか、あきれたのか、どちらかは不明だが、この午後にともに仕事をした同僚はふっとかすかな息をついた。

「ランチをふたつも？　そんなに食べたら、腹を壊してしまいますよ」

「いいんだ。俺が……そうしたいから」

できる限りたくさんの言葉を益原に届けたい。

彼はもう自分を見限ってしまったのかもしれないが、努力だけはしたかった。

「でも、両方は多すぎですね」

そのあと益原がなにか言おうとしたときに、テノールの響きがふいに割りこんだ。

「閑。いま、帰るところ？」

一瞬虚をつかれたのちそちらを見れば、洒脱にスーツを着こなした男がいる。

（充輝……⁉）

ここ一カ月、彼が現れることはなかった。なのに、どうしてこのタイミングでと、頬を強張らせる瀬戸を見あげ、なめらかな肌をした充輝が親密な口調で告げる。

「今晩、閑のアパートに行ってもいい？」

甘くささやいてくる声音とは裏腹に、彼の表情は緊張している。黒目が動かない充輝の双眸を視界にみとめ、瀬戸はちいさくうなずいた。

（充輝ときちんと話をしよう）

口下手でもなんでもいいから。この状態をつづけていくのは、自分にとっても、充輝にとっても、好ましいことではない。

「え。いいの……⁉」

「ああ」

充輝の念押しにうなずいてから、瀬戸ははっとして首をめぐらす。益原はすでに歩き出していて、瀬戸と彼とのあいだには数メートルのひらきがあった。急いでそちらに駆け寄ると、彼はさらに足を速める。

「あの。益原、さん」

「俺は先に行きますから。かまわず話をつづけてください」

言うあいだにも、益原はこちらを見ようとしなかった。その横顔は相手を完全に拒絶していて、取りつく島もない彼の様子に瀬戸の胸がいっきに冷える。

「い、いや、あれは済んだから。俺も一緒に……」

「結構です」

最後まで言わないうちに、ぴしゃりと益原にこばまれる。

(……また、やったのか)

無遠慮に益原の神経を傷つけてしまう行為を。愕然として歩みがとまり、ややあって、呆《ほう》けている場合ではないと気づく。

(ちゃんと説明しなければ)

益原は充輝が嫌いで、瀬戸にも彼を近づけたくないと言った。でも、これはやむを得ないことなのだ。今晩会うのは、充輝と自分との関係に決着をつけるため、ただそれだけであるのだと。

しかし、ふたりが乗るはずの駅前行きの路線バスは、瀬戸が停留所に着いたときにはすでにドアが閉められていて、あっと思ったその直後には益原だけを乗せたまま車道を走り出していた。

† †

その夜、古いアパートのドアチャイムが鳴らされたとき、瀬戸はどっぷり落ちこんでいた。帰り道で益原宛《あて》にメールを送り、それに対する返信を待っていたが来なかったのだ。

【さっきは途中で話が途切れてすまなかった。きみには不快だったろうが、充輝のことは今夜けりをつけるつもりだ】

書いては消し、消しては書いて、結局それだけの文面しかかたちにできない。『結構です』と興味もなさそうに言いきった益原の口調を思うと、くどくどと言いわけをつらねるのもはばかられた。

ともかく今晩は、充輝ときちんと話し合い、明日またあやまりのメールをしよう。そう決めて、だけどやっぱり気持ちが沈むのはとめられなかった。

（思ってみれば……俺はよくあの男にあんなことが平気で言えたな……）

『いいんだ』『いらない』『必要ない』以前は平然と投げつけていた益原を撥ねつける自分の台詞。あれで瀬戸を見捨てずにじょうずにフォローしてくれた彼の度量の大きさをいまさらながら思い知る。

（まあ、内心ではあきれ果てていたんだろうが）

「……はい」

自分のそっけない態度のあれこれを思い出し、玄関に向かう肩には重たい石が載っていた。

充輝だろうと思って開けて、その直後に瀬戸は驚愕の叫びをあげた。玄関ドアの向こうには充輝とともに長身の男の姿があったのだ。

（え……益原!?）

どうして彼がここにいるのか。仰天してすくんでいると、充輝が生硬な声音で聞いた。

「入らせてくれないの？」

その声にようやく瀬戸の身体が動く。

「あ……ああ」

どうぞと言う台詞も出せず、彼らに背を向けて奥に戻る。狭い内部は畳敷きの和室がひとつと、キッチンがあるだけだ。

招いた客と、そうでない訪問者。なぜ益原がと混乱しつつ、瀬戸は彼らが入ってくるのを待ち受ける。

先にドアをくぐった充輝が和室に来て正面に立ち、益原はその手前にあるキッチンで足をとどめる。

「彼をつれてきたのは俺だよ。だけど、いまはこっちを向いて」

瀬戸が横目で益原を見ていたら、充輝がきつい視線でとがめる。

「今晩は、この男がいる前で、はっきりさせようと思うから」

「はっきりって……いったい、なにを？」

瀬戸はとまどって、白色のサマーニットに着替えている充輝を見やる。すこし離れてたたずんでいる益原は、紺色のカットソーにチノパンツの服装で、いったん自宅に戻ってから、呼び出されてきたようだ。

「じゃあ、聞くけどね。閑はあの男に抱かれているの？」

「えっ、い、いやっ」

いきなりの質問に、瀬戸はぎょっとして目を剝いた。

「それじゃあ、閑が抱くほうで、彼は俺とおなじ立場にいるんだよね？」

充輝と益原はおなじじゃない……ような気がする。しかし、それは今夜充輝と話したい内容ではない。

「充輝。俺は、きみにつたえたいことがあるんだ」

「だけど、閑。前にも言ったけど、閑と彼とはぜんぜん似合っていないから。そもそもつきあうこと自体、不自然だってわからない？」

瀬戸の言葉を無視して充輝が言いつのる。

「俺の会社にも、あの男と同学だった社員はいるんだ。ゴルフ部に入ってて、ものすごいモテかただったと聞いたけど？　近くの女子大には彼専用のサークルまであったらしいよ」

呼べばすぐに飛んでくるキャバクラ嬢か、そのあとまでしっかりサービスしてくれるホテトルの女みたいなものだったって。

辛辣《しんらつ》な発言に、顔色を変えたのは瀬戸だけで、益原はいっさい反論しなかった。

「女にいっぱいちやほやされて満足してたはずなのに、なんで閑の気を惹こうとしたんだか、聞いてみたことはある？」

問われても返事ができない。毒々しい台詞を吐き出す充輝を黙って見ていると、彼は横に視線を流した。

「あなた、ほんとは隠れホモ？　それとも、女とやるのに飽きて、たんなる物好きかなにかから？」

不快な言い草を、しかし益原は表情を変えることなく、肩をすくめてやりすごした。

「へえ。それは否定しないんだ。だったら、どっちかがあたりだね」

「言いたいことがあるのなら、俺は瀬戸さんに話しますから」

つまりは、充輝に語るつもりはいっさいないと、益原は断じてのけた。

「やな男」

鼻を鳴らす充輝を見据え、瀬戸は静かに声をかける。

「充輝。いまはそのことを置いてくれ。まずは、俺が話すのを聞いてほしい」

瀬戸の口調にふくまれるなにかが充輝の居住まいを正させた。はっとしたように背筋を伸ばし、見あげてくる表情は幼い印象になっている。

「六年前に、俺がきみにつたえられずに終わってしまった言葉がある。それをいま、言おうと思う」

精神面で成長できない充輝のことを、瀬戸は心底嫌いにはなれないでいる。情緒的に未発達な部分については、自分もおなじだったと感じる。でも、それはそれとして、自分の心はもう充輝には向かわないのだ。

「充輝、別れよう。ふたりの仲は六年前に壊れていたんだ」

瞬間、充輝の表情が空白になる。目をひらき、口元をわずかにゆるめたその顔は、無防備な子供のようだ——と、思った直後、彼は頰を引きつらせた。

「嫌だ……閑……！」

泣きそうな充輝の声に、瀬戸は横にかぶりを振ることでしか応じられない。

「あのときは、俺もいろいろいたらなかった。もっとなにかできたのじゃないかと思い……

それが気持ちの底のほうに沈んでいた。きみを忘れていなかったのは、怪我をしたとか、憎いとか、そういう感情とは違っていた」

「だったら……！」

いきおいこんで身を乗り出した充輝の前で、瀬戸は「だけど」と手のひらを相手に向けた。

「恋人同士の気持ちとも違うんだ。きみを可哀相だと思う。だけど、俺はもうきみのために は動けない」

「でも……閑……」

泣きゆがむ顔を見れば、心臓に痛みをおぼえる。自分は残酷な行為をしているのだろうか。けれども、もはやおのれの気持ちはごまかせない。充輝に対する自分の気持ちは、決定的に なにかが欠けているのだから。

「あのときの俺たちは、自分のことしかわからなくて、ある意味幼稚な子供たちとおなじだった。本当の恋愛にもならなくて、そのため綺麗に終わらせることもできずに、ずっと引きずったままできた」

でも……と瀬戸は右手の指を左の手首に近づける。

「え……閑!?」

なにをするのかわかったのか、半袖シャツにスラックスの身なりの瀬戸を、充輝が驚愕して見返している。瀬戸はパチンと音を立てて金具をはずし、手首から腕時計を抜き取った。

「俺はもうこの傷を隠さない。俺にとっては、これが終わったことだからだ。ぜんぶ、なにもかも引っくるめて、過去のものにしようと思う」

腕を伸ばして、手首の傷を充輝と自分の視界に晒《さら》す。皮膚の上をななめに走る傷の名残《なごり》は、いまは白い瘢痕《はんこん》となっている。

充輝は表情を強張らせ、じっとそこを見つめていたが、やがてふうっと息をついた。

「……そっか。……そうなんだ」

つぶやく声が、どこかしらほっとしたように聞こえたのは気のせいか。それが瀬戸の思い違いでなかったら、おそらく充輝はこの数年間感じつづけた後ろめたさがようやく解消されたのだろう。

「……あーあ。残念。そっちの男がいなかったなら、閑に罠《わな》でもなんでも仕掛けて、身体だけでも落としてやれたかもしれないのにね」

瀬戸が黙って見守る前、手首の傷から視線を離して、充輝が片頬で笑ってみせる。それから、瀬戸の眸を見つめ、

「バイバイ、閑。それから……ごめんね。あなたともう一度つきあってみたかったのも本当だけど……ほんとのほんとは、閑にごめんってあやまりたかった」

だからもう会いに来ないと充輝は言った。

「閑はぜんぶ乗り越えたんだね……。だけど、くやしいからよかったねとは言わないよ。俺

だって閑よりもっといい男をつかまえるから」

いままでとは違うやわらかな表情で告げたのち、充輝はさっと踵を返した。

(うん、充輝。……さようなら)

六年前の関係にピリオドを打ち終えて、遠ざかる背中を見送る。そうして玄関のドアがパタンと閉まってしまうと、瀬戸は自分が招かなかった訪問者とふたりになった。

「……え、と……」

彼は黙ってこちらを見ていて、自分の発言の助けにはなってくれない。やむなく瀬戸は目線を下げて言葉を探した。

「俺のことを……あきれていますか……?」

多少は手加減してくれるかと思ったが、戻ってきたのは「そうですね」という冷ややかな台詞だった。

「あ……この前は……悪かった」

「この前って、いつのことです?」

「カザマの工場に行ったときとか……きみの部屋の玄関前で、充輝と話していたときとか……」

ぼそぼそとつぶやくと、益原は自分の気持ちを顔には出さずに問いかけてくる。

「なにが悪いかわかっていますか?」

「それは……きみが充輝を嫌いなのを知っているのに、目の前でしゃべっていたから？」

一生懸命考えて答えたのに、益原はむずかしい顔をして首を振った。

「近いけれど、はずれです」

駄目出しされて、瀬戸の気分がどっと落ちこむ。

（近いって……どの部分だろう）

それすらもわからないから、益原を怒らせてしまったのだ。

瀬戸がぐるぐる混乱しながら黙していると、長い脚を動かして彼が間合いを詰めてくる。

「俺が彼を嫌いなのはあたりです。でも、それがどうしてか、瀬戸さんにはわかっていません」

聞けばそのとおりと思うが、それでよけいに追いこまれた。瀬戸は視線を宙に浮かして考える。

（益原が、充輝を嫌うのはどうしてか……）

忘れていたい過去の記憶を呼び起こしたから。瀬戸からの話を聞いて、人間的に好きになれない。だけど、それだけではないのだと、なかばパニックを起こしながらも瀬戸は必死で解を探る。

（理由……充輝が嫌いなそのわけは……）

けれども結局よくわからずに、つい益原にすがるような視線を向けたら彼が苦笑いの表情になる。

「それじゃあ、ヒント。俺がずいぶん遊んでいたと、さっきあの男が言ったでしょう？　もちろんあんなのは根も葉もないでっち上げですけどね。だけど、瀬戸さんはあれを聞いてどんなふうに感じました？」

それなら、すぐに答えが出せる。

「不愉快だった。女性を悪しざまに言うのは嫌だし、きみがモテていることは事実だろうが、聞いていていい気持ちはしなかった」

「なんで、いい気持ちがしないんですか？」

「それは、きみが……」

自分以外の人間とつきあったのが嫌だから。

モテるだろうなと漠然と思うのはともかくも、ほかからそのことを知らされればつらくなる。

あ……という顔をしたら、益原がうなずいた。

「きみは俺が充輝とつきあっていたのが嫌で……？」

「そうですよ」

益原がすこしばかり困ったような半笑いになっているのは、あきれ返っているせいだろうか。

「あきれてはいませんよ。話の通じにくさにはいっそ感心する気分ではいますけれどね」

どうしようかと思っていると、瀬戸の気持ちを益原が言いあてる。そっけない口調ながらも、目にはやさしい光があった。

「もっとも、俺もいい加減、まわりくどかったと思います。瀬戸さんには明快に言わないと駄目なのは知っていて……だけど、俺もいっぱいいっぱいだったから」

いまでもそうなんですけどね、と声をこぼす益原はとくに恐慌をきたしているようでもない。むしろ、混乱しきっていて目いっぱいになっているのは、自分のほうだと瀬戸は思った。

「で、まわりくどいとつたわらない瀬戸さんに、直球で言いますが」

そこで益原は言葉を切って、真摯なまなざしで瀬戸の眸をのぞきこむ。

「俺は瀬戸さんのことが好きです。あなたのつくる工作機械も、あなた自身もとても好きです。食べ物の好き嫌いはないくせに、いろんなおかずを食べるのは面倒がって、ほうっておけばおなじものばかり食べるところも。流行《はや》りの番組は興味がなくて、旧《ふる》い海外のテレビドラマをうなずきながら観ている姿も。つきあい下手で、他人にはそっけなさそうに見えるところも。結論から先に言うわかりにくい話しかたも。だけど、ほんとはあたたかな心根でいることも。あなたのさらさらの前髪も、かたちのいい長い指も。あなたの声も、顔も、身体も。俺はぜんぶ、なにもかもが好きなんです……！」

益原の告白は瀬戸の息をとめさせた。

（ぜ……ぜんぶ、俺のことを……？）

益原は好きでいてくれるのか？

思った瞬間、心臓がばくんと跳ねる。カッと顔が熱くなり、耳の横ではなにかがちいさくはじけるような音が聞こえ、同時にそれを掻き消すくらいのうるささで胸の鼓動が鳴っている。

瀬戸がなにかを考えることもできずに、ただ棒立ちになっていると、益原が真剣な面持ちでいっそう間合いを詰めてきた。

「俺の気持ちはいま言ったとおりです。だから、頼むから、教えてください。瀬戸さんはそうですね？　そうだと思っていいですね⁉　瀬戸さんは……」

怖いくらいに本気な様子の益原は言葉をいったん切ってから、さらに顔を近づけて聞いてくる。

「俺のことが好きなんですよね⁉」

キス寸前の距離だと思った瞬間に、ただでさえ惑乱していた瀬戸の頭はもはや完全にパニックを起こしてしまった。

「お、俺は……」

なにがなんだかわからなくなってしまって、両手で益原の胸を突いた。

「いっ、いまは言えない！」

「えっ……ちょ、瀬戸さん……っ⁉」

「あ、あとで！　こっちから連絡するからっ」

そう言いながら、姿勢を変えさせ、ぐいぐいと背中を押しやる。そうして無理やり玄関まで押し出すと、靴を彼の手に持たせ、ドアの向こうに追いやった。

（……はぁ）

閉ざしたドアの内側に背をつけて、瀬戸はずるずるとその場所にへたりこむ。無意識に手で口を覆ったら、皮膚が熱を持っていた。

（益原は女にモテる……彼とつきあいたい女性ならいくらでもいる……益原はゲイじゃない……だけど、俺は……）

瀬戸はぶるっと頭を振って、両手で自分をかかえこんだ。腕を摑んで小刻みに震える指が、痛いくらいに高鳴っている心臓が、瀬戸にその解を突きつけている。

（俺はきっと……）

そうなんだ。

蒸し暑さが肌を湿らせるこの夜。瀬戸は玄関に座りこみ、熱気と狼狽《ろうばい》でまわらなくなった頭で、その男の声だけを再生させつづけていた。

――瀬戸さんは……俺のことが好きなんですよね⁉

† †

その日、瀬戸は益原にメールを送った。

【今晩、俺の部屋まで来てくれないか。何時でもいい。待っているから】

あれから何日も経っていたが、瀬戸が返事をさいそくされることはなかった。こちらからのアクションを益原は辛抱強く待っている。それがわかっていたからこそ、精いっぱい頑張ったのだが、それでも三週間かかってしまった。

【出先から戻るので、十時にはそちらに行きます】

そのメールを受け取って、瀬戸は自室での準備を完全なものにしようと作業を進めた。何度となくテストして、位置のずれを修正し、誤差をなくすようにつとめる。そうして迎えた益原は、室内が暗いのに驚いていた。

「益原さん……?」

「電気は点《っ》けないで。俺の手に摑まって、まっすぐ歩いてきてほしい」

瀬戸は暗さにはすでに目が慣れているし、勝手知ったる自分の部屋のなかでもある。真っ暗な台所を通り過ぎ、和室までみちびくと、そこでふたたび声をかけた。

「そこの隙間からゆっくり入って」

それは部屋いっぱいにめぐらされた円筒形のスクリーンで、一箇所ある継ぎ目から益原を内部に通した。自分も入って、隙間を閉ざすと、周りは三百六十度スクリーンでかこまれている状態になる。

「これは……?」

「きみに見せようと俺がつくった」

そう言って、手にしたリモコンのスイッチを天井に取りつけたプロジェクタに向けて押す。その瞬間。

「……うわあ」

益原が感嘆の声を洩らした。

パノラマスクリーンに映じたのは、熱帯魚がたわむれる南国の海の景色だ。青く澄みきった水のなか、長い尾びれをひるがえし、オレンジ色の魚がゆったりと泳いでいく。黄色と黒の縞が入った魚たちは、群れをなしてくるくると水中を舞い踊る。その下を青空色の小魚たちが、あざやかな彩りのサンゴからサンゴへとついついと進んでいった。

「瀬戸さんが……これ、俺のために……?」

「前に、ダイビングをしたいと言っていただろう」

益原は瀬戸のすべてが好きだといった。どこが好きかも具体的に教えてくれた。けれども自分にはあれほどうまくつたえられない。それなら、なにか言葉ではなく、自分も好きだとつたえられる方法はないものか。

益原に好きだと告げられ、自分は本当にうれしかった。だから彼にもおなじようによろこんでもらいたい。そのためには、なにをすればいいのだろう。

瀬戸は懸命に考えて、益原が行きたいと言っていた場所のことを思いついた。益原の望みをかなえてみせることで自分の誠意をしめすのだ。

（仕事があるから旅行は無理だが、それを再現してみせるのはどうだろう）

難度は高いが、不可能ではない。フルスクリーンでの映像化は、すでに実現されている。瀬戸はさっそく自分の大学の教授に頼み、彼の研究論文の英訳下請けを条件に、研究室の一角と器具の使用を許可してもらった。

理論的には軸対称自由曲面レンズの応用でいけるはずだが、光学分野の専門家ではない瀬戸にとって、実際の製作は思っていたよりもむずかしかった。仕事をしながらの作業では時間的にも限りがあるし、だからといって益原をずっと待たせていたくない。作業に行き詰まり、悩んでいると、瀬戸のデスクのかたわらに来た後輩が聞いてきた。

――あの、瀬戸さん。最近なんだかものすごく疲れてませんか？

――べつに、なんとも……。いや、そうだな、美作。俺はあるものをつくっているんだ。

むやみと意地を張るよりも、自分を心配してくれる人間には事情を素直に打ち明けたほうがいい。そう思えたのは、たぶん益原との経験の賜物《たまもの》だ。

瀬戸が自分のしていることを美作に明かしてみると、彼はそちらの方面にくわしい男がいるのだと応じてきた。

——光学関係に強いやつを知ってるんです。そいつを紹介しますから。

美作が引き合わせてくれたのは、長身の瀬戸よりさらに大きな男で、フルスクリーンでのプロジェクタ製作の話をすると、すぐさま興味を持ったらしい。瀬戸の理論を経験値で補足し、部品調達の際にも適確な助言をしてきた。

ずいぶんと寡黙な男は、しかし要点を得た話しぶりで、瀬戸はむしろ作業を進めるにあたってはそのほうが楽だった。大学の泊まりこみにもつきあってくれ、以前から構想だけはあったのだと、彼が持っていたビデオ映像のダビングもさせてくれた。

そうして、美作とその友人の協力のお陰もあって、この装置が仕上がった。

「あ、はは」

青い色に全身をつつまれている益原が、乾いた笑いをみじかく洩らすと、広い肩から力を抜いた。

「瀬戸さんは、これを製作するために三週間かけたんですか」

彼はそう言うと、腰が砕けでもしたようにどしんと床に尻を落とした。この日のために畳の上には青いカーペットを敷いていたから、そうすると海の底に座っているような格好になる。

「そうだが……気に入らなかったか？」

この装置は、即商品化できるほどの完成度ではないのだが、個人が家庭で楽しむのには充分な出来だと思うが。

不安に駆られて瀬戸が聞いたら「気に入る、入らないのレベルなんかじゃないですよ」と益原が怒ったように言ってきた。

「なんです、これ？　あんなのべつにどうってことないただの思いつきだったのに。瀬戸さんはあれをちゃんとおぼえてて、ここまですごいのをつくったんだ」

「ああ、うん……で、どうだろう」

またも失敗したのだろうか。心配で腹のなかがよじれるような感覚がする。瀬戸も床に膝をつき、おそるおそる問いかけた。

「これが、この前のきみの返事になるだろうか？」

この装置をつくっている間中、目の前の男のことしか考えていなかった。よろこんでくれるだろうか、自分の気持ちがきちんとつたわるだろうかと、望みと不安とで気持ちが上下しながらも、部品をこしらえ、組み立てた。

これまで瀬戸は特定の相手のためになにかをつくったことはない。自分の研究や、仕事の注文に応じての製作はしてきたが、誰かのよろこぶ顔が見たくて機械を組みあげたことはなかった。

あたかも海中にいるような眺めのなかで、瀬戸は益原の裁断《さいだん》を待つ。すると、彼は「まいったな……もうほんとにものすごくまいったな……」とぼそっと声をこぼしたので、瀬戸の胸いっぱいに懼《おそ》れる気持ちが広がった。

（こんなので、三週間も待たせたのかと思わせた……？）

息が苦しくなりながらサマースーツの男を見れば、なんとも感情の読めない顔で相手も視線を向けてくる。

「あのね、瀬戸さん。あなたは完璧に理系ですよね。それで、俺はどちらかというまでもなく文系のほうなんです」

「あ……うん？」

彼がなにを言いたいのかわからない。心許《こころもと》なくうなずくと、益原が低い響きで言を継ぐ。

「たぶん瀬戸さんはどこかの本から拾った言葉をアレンジして、ここぞというときの決め台詞に使う、なんてのはできないと思うんです。俺も、フェルマーの定理の解を見つけることは不可能です」

そうだろうと思うから、瀬戸はこっくり首を振る。

「だけど、俺たちはきっとうまくいきますよ。瀬戸さんの言えないぶんは俺が言うし、俺のできないことは瀬戸さんがしてくれるから」

そうして瀬戸の耳元に顔を寄せ、益原は熱い吐息と言葉とを吹きこんでくる。

「あなたが好きです。もうどうしようもないくらい。あなたのことが大大好きです……！」

瀬戸の胸を躍らせておいてから、彼は大きなため息をつく。

「この三週間、もしかしたら振られるのかと思ったり、いやいや大丈夫だと自分自身を励ましたり。もう本当に生きた心地がしませんでした。あなたから、言葉以上にすごいものを見せてもらって、ほっとしたのとうれしいのとで、いまは頭がぐちゃぐちゃですよ」

「じゃあ……満足してくれたのか？」

「ええ。瀬戸さん。だけど、もうちょっと俺にください」

頬に手を添え、近づいてくる唇に心臓が跳ね躍る。思わずぎゅっと目をつぶったら、柔らかな感触が唇に押しあてられた。

「……んっ」

最初はやさしく、そして次第に口づけが深くなる。

「ん……ふ……ん、ぅ……っ」

唇の上下を吸われ、舌を舐められ、唾液をすすりあげられる。思いの丈を瀬戸にぶつけてくるような熱のこもった激しいキス。瀬戸はその情熱に翻弄《ほんろう》されつつ、けれども精いっぱいそれに応じる。舌を絡め合わせながら益原の腰を抱いたら、彼は両手を瀬戸の髪にくぐらせて艶かしい喘ぎを洩らした。

「ん……瀬戸さ……好き、です……」

瀬戸の湿った唇を舌でなぞり、益原が甘くささやく。濡れた声音におぼえず腰がしびれてしまい、まわした腕に力がこもった。

「益原……」

胸からあふれ出す気持ちをこめて耳元でつぶやくと、彼の背筋が痙攣《けいれん》するようにわなないた。

「……ああもう、俺は……カッコ悪いな、身体が震える……」

瀬戸の頭から手を離し、自分のそれを眺めた彼が「はは」と力ない笑いを洩らす。

「初めてキスした中坊かって感じですよね。なんかもう心臓がばくばくいってて、おさまらない」

彼の震えるまつ毛の先に、画像から反射した青い光がやどっている。

(綺麗だな……)

瀬戸は自分のもとめる気持ちにそそのかされて、彼のその場所に口づけた。

ごくちいさな光の粒を吸い取るようにキスすると、彼の喉奥でおさえた調子の低い音が生まれ出る。

呻いたのか、うなったのかわからない声を発し、益原は瀬戸の肩にしがみつくように身体を寄せた。

「ちょっともう……やめてくださいよ、困るから。瀬戸さんが色っぽすぎて……やられっぱなしで、死にそうです……」

　さっきはあんなに激しいキスで瀬戸を振りまわしておきながら、彼はそんなことを言う。

「ねえ、瀬戸さん……今夜は俺を最後まで抱いてください」

　瀬戸の耳たぶに口づけたあと、彼は自分の望みを耳孔《じこう》に吹きこんでくる。彼の期するその意味を理解して、瀬戸は目を見ひらいた。

「でも、きみは……」

「ゲイじゃないだろう、って？」

　だけど、瀬戸さん……と彼はひそやかに声を紡ぐ。

「前から思ってたんですけれど、それってとっくに俺から手を引く言いわけになってませんよ。瀬戸さんに触れられて感じてる段階で、俺はもう充分にそっちのひとだと思うんですが」

（え……そうなのか？　そんな理屈か？　しかし、益原はあんなに女性と）

　逡巡《しゆんじゆん》が表情に出ていたのか、益原は瀬戸の頰を愛《いと》おしげに撫でて言う。

「ぶっちゃけると、この三週間はあなたをネタに何度となく抜きました。まあ、根っからのゲイじゃないとしてもですね、あなたの達き顔を頭に浮かべてめちゃくちゃ興奮する俺は、限りなく黒に近いグレーです」

　そんな説明でいいですか？　真面目な顔つきで訊ねてきた益原は、自分のポケットを手探りする。しばしのちに「はい、これ」と渡されたものを見て、瀬戸は眉を跳ねあげた。

「って、益原……っ⁉」

「俺の覚悟のほどってやつです。ムードもへったくれもないですけど、瀬戸さんにはわかりやすいほうがいいかと」

手渡されたのは小ぶりのチューブで、中身は潤滑剤だった。

「ほんとは瀬戸さんを抱かせてもらおうかと思いましたが、それはまあそのうちに。俺は自分が思っていたより嫉妬深い性質《たち》らしいので、瀬戸さんの記憶をぜんぶ上書きしてしまいたいんです」

「う、上書きって……？」

そのうちという彼の台詞も気にはなるが、益原が最後まで抱かれると決めた動機はもっと知りたい。上擦る声で訊ねれば、彼はあっさり明かしてくれる。

「抱くのも抱かれるのも、俺が瀬戸さんの最初の男でいたかったんです。でもまあそれが無理なんだったら、前の相手の痕跡がすべて消えてしまうほど俺と寝ればいいのかなって」

いい案でしょうと、同意をもとめる男の様子に屈託はない。瀬戸が唖然としていると、ややあってから益原の表情に翳りが生じた。

「瀬戸さんは、最後まで俺を抱く気になれませんか？　俺じゃそんな気持ちになれない……？」

「い、いや。それは違うけど……。でも、きみは本当に俺に抱かれてかまわないのか？　ゲイになることや、そうした立場になって、男のプライドが傷つくことが怖くないのか？」

瀬戸は本気で益原のことが欲しいが、彼のほうではどうなのか。

「変な意地や、前の相手への対抗心なら、いずれ後悔すると思う」

瀬戸にとって、益原は特別大事な相手だから、そうなってほしくない。彼が悔やむ姿を見たら、きっと心が砕けてしまう。

それを想像しただけで恐怖すらおぼえながら、瀬戸はためらいを声に乗せた。

「もし、すこしでも迷う気持ちが残っているなら……」

「迷ってはいませんよ。ゲイがどうとかは、さっき言ったとおりです。それに、俺のプライドはそんなところでは発動しません。まあ、瀬戸さんに抱いてみたけどつまらなかったと言われたら、ものすごく傷つきますけど」

瀬戸の不安は杞憂《きゆう》だと打ち消すと、益原が手をあげて額に触れた。それから前髪に指を梳《す》き入れ、そこをかるく乱してから、やさしい響きで告げてくる。

「心配はしていませんが、抱かれるほうは初めてなので、やさしくしてくださいね」

かるさをよそおった調子のそれに、瀬戸は誠実にうなずいた。

「うん……。大切に、します」

心をこめてその言葉を口にした。とたん、益原の顔がいっきに赤くなる。

（わ……照れて、る？）

思った瞬間、瀬戸の皮膚がカアッと熱を帯びていく。

いい年をした男ふたりが赤くなったたがいの顔を見入っている。ずいぶん恥ずかしくも滑稽な眺めだろうと思うものの、胸の奥には甘い情感が渦巻いていた。

「瀬戸さん……綺麗な、海ですね」

パノラマの真ん中で、益原がぽつりとつぶやく。

「うん。綺麗だな」

返して、瀬戸は大事な恋人を抱き締めてキスをした。

† †

そうして、ふたり抱き合ってキスをしてから、衣服は相手のを脱がせ合った。膝立ちで向き合って、瀬戸は益原のサマースーツを脱がせてやる。益原は瀬戸が着ていた半袖シャツと、スラックスを取り去った。そのあいだにも幾度となくキスをして、おたがい裸になったときにはすでに息があがっていた。

「もう俺、めちゃくちゃに興奮してて……キスだけで、達っちゃいそう」

熱い吐息を振りまきながら、益原が耳たぶを甘噛みしてくる。

「ぜんぶ舐めたい、さわりたい」

余裕のない声を瀬戸の耳孔に吹き入れてから、うなじに口づけ、鎖骨の窪《くぼ》みを舌でなぞる。

「ん……ん……っ」

出した舌でちろちろとそこを舐められ、ぞくんと背筋に震えが走った。

「可愛い、瀬戸さん。ここがいいんだ」

「ばっ……」

可愛いなどと言うなと思うが、鎖骨をカリリと齧られて、抗議の声が途切れてしまう。

益原の荒い息が肌にあたり、すると、そこからじんわりと熱が広がる。

素肌を添わせると、衣服を着ているときよりも彼の醸《かも》し出す精気はさらに濃厚になり、強い香りが瀬戸の頭からつま先までをしびれさせる。

「ここも、可愛い。しゃぶりたい」

膝立ちのまま益原が頭を下げて、瀬戸の乳首に吸いついてきた。

音を立てて左の乳首を吸いあげられ、右は指でいじめられる。ただでさえ皮膚感覚が鋭敏になっている状態で、弱いところを刺激されると瀬戸の股間が目に見えて変化した。

「ま、す、はら……っ」

「乳首、感じる？　おっきくなって……こっちもいっぱい感じさせてあげますね」

卑猥な睦言《むつごと》をそそぎながら、益原が瀬戸のしるしを握りこむ。根元からくびれのところまでをゆっくりと何度も扱き、それから敏感な先の部分を指で擦った。

「ん、や……っ、や……」

そんなにいやらしくいじるなと叫びたい。なのに喉から出てきたのは頼りない喘ぎだけだ。

(ばっ、か……胸も、いっぺんに……こんな、強く……っ)

身を折った益原は夢中になって瀬戸の胸を舐めまくり、性器を扱きあげてくる。あたえられる感覚の激しさになかば酔いつつ、瀬戸は必死で声を放った。

「俺が、する、から……っ」

そのまま押し倒されて、やられそうないきおいに、息を荒らげて主張した。益原の肩を摑んで屈めた上体を自分から引きはがすと、しぶしぶ彼が顔をあげる。

「えぇー、瀬戸さん。まだしゃぶり足りませんが?」

ものすごく不服そうな表情に、瀬戸は「馬鹿」と言うしかない。それから、瀬戸は乱れた息で、益原のそれを握った。興奮していると言ったとおり、彼のペニスはもうとっくに屹立していて、触れると熱を手のひらにつたえてくる。

(もうこんな……火傷《やけど》しそうに……)

擦ると彼の興奮がこちらにまで飛び火してくる。

(すご……熱い……)

握ったものの感覚に耐えかねて「はっ」と息を洩らしたら、益原が身を寄せてきて、唇にキスをした。

「俺も、していい？」

声を口内に吹きこむようにささやかれ、瀬戸は無自覚にうなずいた。

「う、んん……っ……あっ……」

握りこまれた自分のそこもたいがいできあがっていて、何度か益原に扱かれると、完全に勃起《ぼっき》した。

「ん……んっ……は、っ」

艶っぽい喘ぎを洩らし、益原が瀬戸の頬に頬を添わせる。肩口が密着すると、益原の香りにつつまれたようになり、瀬戸の性感がますます高まっていく。

（も……駄目だ……持たな……っ）

感じすぎて持ちこたえられそうにない。まもなく来る絶頂の予感に皮膚が総毛立つ。

顎をあげて喘いだら、益原もぶるっと身を震わせた。

「俺、もう……出そう……瀬戸さん、は……？」

「うん……俺、も」

それだけ言うのも精いっぱいで、強烈な快感に目の前がぼやけてくる。使っていないほうの手で益原の腕を摑めば、彼もまた空いた手で瀬戸の腰を抱いてきた。

「一緒に……達こ……？」

頬にキスして益原がうながしてくる。直後に強く扱かれて、たまらず瀬戸は精を放った。

「ん――……」

同時に益原の欲望もびくんと跳ねて快感の飛沫をあげる。いきおいよく噴き出した益原の体液は瀬戸の軸に降りかかり、熱く濡れていくその感覚がさらなる快美を引きずり出した。

「あ……う、ん……っ」

深い愉悦に瀬戸の内腿が痙攣する。目をくらませて震えていると、益原が息を荒くしてささやいてくる。

「まだですよ。こんなんじゃ、ぜんぜん足りてないでしょう?」

誘惑する甘い響きが耳をくすぐる。益原は汗の浮いた瀬戸のうなじをかるく舐め、さらに淫猥な行為へといざなった。

「ねえ……俺のを舐めて、気持ちよくしてください。俺も、瀬戸さんのをしますから」

どういう状態になるのかがわかった瞬間、瀬戸の頬が熱くなる。とんでもないとは思ったが、なぜか撥ねつける言葉が出ない。うながされるまま横たわり、自分の顔をまたいでくる彼の身体を待ち受ける。

「瀬戸さんのここ、俺のをいっぱいかけたからびしょびしょになっていますね」

ひるむどころかうれしそうな声で言い、益原が瀬戸の下生えを撫でてくる。なんでそこまで積極的に振る舞えるんだと思った直後、ぱくりとそこを咥《くわ》えられた。

「は、う……っ」

ぬめった口腔の感触に、おぼえず喘ぎがこぼれ出る。声をとめようと思ったが、強烈に淫《いん》蕩《とう》な感覚が瀬戸の意志を上まわった。

「あ、ん……ん……う、ふぅ……っ」

淫《みだ》らな声が立てつづけに喉から洩れる。恥ずかしいと感じれば、ますますそこが敏感になっていく。目の前にある益原の欲望が、瀬戸のを舐めてさらに充溢していくさまが如実に見えるからなおさらだった。

「あ……や……そん、そんな……っ、に……」

卑猥な舌使いをしないでほしい。身をよじって悶えたら、益原が口を離して「これ、好き?」と聞いてきた。

「……わ、から、な……っ」

益原が先をぺろぺろ舐めながら、どうしてと問いかける。理性が飛んだ状態で、瀬戸は突っ張る気力をうしない正直に打ち明ける。

「……は、じめて、だからっ」

「え、ほんと? しゃぶられるのは、俺が初めて……?」

見えないとは思ったが、こくこくと首を振る。すると、益原は猛烈ないきおいで、そこを吸いあげ、ねぶりはじめた。

「う……や……ば、か……っ」

そんなにめちゃくちゃに刺激されたら、また我慢できなくなる。

「俺に、舐めろと……」

言ったくせに、さっきから益原ばかりがそうしている。ようやくそれに気がついて、瀬戸は震える手を伸ばし、益原の腰を摑んで引き寄せた。

「ん……む……ん……っ」

益原の大きなものに舌を這わせて、先端を口に入れると、そこがもっと膨らんでくる。これが最大じゃないのかと、いささかもてあます気分になりつつ、瀬戸はその箇所をもてなした。

「……うしろも……する、から……」

股間で渦巻く快感と、口腔内におさめたものが瀬戸の目の前を霞ませている。このまま達かされては駄目だという気持ちに急《せ》かされ、瀬戸はそれから口を離して彼に告げた。

「気持ちが、悪かったら……言ってくれ」

「んん」

くぐもった応えなのは、益原が熱心な口淫をやめないからだ。

益原はゲイじゃないと気にしていたのが可笑《おか》しくなるほど彼はこの行為に耽溺《たんでき》していて、瀬戸がその場所に触れたときもすこしもひるむ様子がなかった。

「痛く、ないか……？」

潤滑剤で手を濡らし、そのまわりをほぐしてから、ゆっくりと指を入れる。

「ん……平気、です」

その返事は虚勢ではないらしく、彼のものはいっこうに萎えていない。瀬戸は慎重にジェルを足しては指を進め、彼のそこを拡《ひろ》げていった。

「……苦しくないか？」

「ええ……大丈夫」

瀬戸がそう聞いたのは、指を二本に増やしたときで、緊張していない彼の声にほっとする。

「もうちょっと、我慢してくれ……たぶん、このあたり」

益原に股間のものをいじられながら、注意深くその場所を探っていく。と、その直後、下生えに熱い息吹をかけられて、びくっと指が震えたら、益原が低く呻いた。

「ご、ごめ……痛かっただろ」

あせって彼にあやまると、なんだか茫然としたような応答がある。

「え。な、なに？　……そこ、ビンって感じがした」

当惑を孕んだ声だが、益原の性器はさらにみなぎっていた。

（ああ、ここか）

経験豊富な益原も、さすがにこうした刺激はおぼえがないのだろう。

「ゆっくりするから。身体の力を抜いていてくれ」

益原の感じるポイントを見出《みいだ》して、瀬戸はその箇所を集中して刺激した。感覚がきつすぎて痛みを感じないように、最初はそっと撫でてやる。それから凝《しこ》りのある場所を指の腹で転がせば、益原が感に堪えないというような喘ぎを発した。

「それ……すご……洩れちゃいそう……」

「気持ちがいいか？」

「ええ……いい、ですよ……もっと、して」

ねだる声が潤みを帯びてたまらなく色っぽい。

「ん……そこ、と、前とが繋がって、いるみたい……そ……されると、すごく……感じる」

快感をおぼえると彼が言うのは、たんに調子を合わせてのことではなく、本当にその箇所がいいらしい。瀬戸がそこを丁寧に刺激すると、指をつつんでいる粘膜が明らかにやわらいでくる。

「瀬戸さん……気持ち、いい……っ……」

益原の軸の先端に滴が滲み、ぽたぽたと垂れたそれが瀬戸の胸に落ちてくる。自分の行為で感じ入るさまを見て、瀬戸の快感も限界近く湧きつのった。

「もうすこし、入れてもいいか……きつくないか」

「ええ……瀬戸さん……大丈夫」

指を増やして訊ねると、益原が艶めかしい声で応じる。彼のそこは柔軟に男の指を受け入れて、内部を攪拌《かくはん》する動作にも濡れた喘ぎを喉から洩らしただけだった。

「……もう、い……からっ……も、洩れそ……」

指を引き抜き、また入れて。感じるところを丹念に擦ってやって。それから大きく抜き挿《さ》しすると、たまらないというふうに、ダークブラウンの髪を振って彼が呻く。

(たまらないのは……俺のほうもだ……)

曇りもひずみも見せないで、瀬戸があたえる快感だけを受け取っている、その様子がどれだけこちらの胸の内を熱くするのか。益原はそれがわかっているのだろうか。

愛しいという想いが腹の底から湧いて、その気持ちをどうしても益原につたえたかった。

「抱き締めて、キスしたいから……身体を起こして」

指を抜いて彼に頼むと、そのとおりにしてくれる。瀬戸も半身を起きあがらせて、愛しい男と向き合った。

「きみが、好きだ」

飾りのない言葉とともに自分の心を丸ごと添えて彼に贈る。

(この男が愛しくてたまらない)

理屈ではなく、ただそれだけを瀬戸は思った。

「俺も、好きです」

益原は届いたそれを正しく受けとめ、自分の気持ちをまっすぐに返してくれる。

「瀬戸さんが、誰より好きです」

真摯な眸を見つめながら、瀬戸は益原に口づける。しっかりと抱き締めて、キスをしながら身体を倒すと、彼はそれにしたがって仰向《あおむ》けに横たわった。

「きみのなかに入っていいか？」

キスをほどいてささやき声を落としたら、正面から視線を結んで恋人がうなずいた。

「ええ。瀬戸さん。来てください」

益原は自分から脚をひらいて、瀬戸を身の内に迎え入れる体勢を取る。ためらいのない彼の動作にうながされ、瀬戸は滾《たぎ》ったおのれのものを濡らした窄まりにあてがった。

「んぅ……ん……ん……っ」

喘ぎをこぼしつつ、益原が瀬戸の欲望を受け入れる。苦しいかと瀬戸が聞いたら、彼は横にかぶりを振った。

「瀬戸さんの……熱くて、すごい……」

欲情に潤むまなざしを返されて、瀬戸の心臓が大きく跳ねる。

「痛くは……」

「ない、ですよ。動いても、平気です」

瀬戸の心配をなかばで取って、益原が両手をあげる。瀬戸の腰に手をやってから、もう少し中心にすべらせて、尻の肉をいやらしく揉んできた。

「……っ、ますは、ら……っ」

尻をこねまわすその手つきの卑猥さに、あせった声がこぼれ出る。あわてる瀬戸を益原は汗の浮いた顔で見あげて、にこりと笑った。

「俺の上で腰振って……瀬戸さんが達くところを、見せて、ください」

嫌じゃないのか、きつくないのかと、否定的なことばかりでいた瀬戸は、彼の台詞に肩の力が抜けていく。

(この男には……勝てないな)

こんなときでも、気遣われて、やさしくされて。それ以上に瀬戸の情感をめちゃくちゃに揺さぶってくる。

「ね。瀬戸さん……?」

「うん……」

素直な気持ちでうなずいて、ゆるやかに腰を動かす。浅いところで、さっき見つけた弱みを探ると、なめらかな男の胸が上下した。

「ここ、いいか……?」

「んっ……いい……気持ち、いい……」

益原が自分の内腿で瀬戸の腰をはさんでくる。汗ですべる右足をかかえ直すと、瀬戸はお

のれの欲望を小刻みに動かして感じるポイントばかりを突いた。

「は……すご……それ、めちゃくちゃ……イイ」

はっはっと短い呼吸をくり返し、益原が快感を訴える。

「もっと……動いて、俺の、なかで、達っちゃって」

言いながら、手をあげて瀬戸の乳首を摘まんでひねる。

「ンッ！」

ふい打ちの快感に、瀬戸の腰がびくんと震えた。

「や、やめ、ろ……っ」

「なんで？　瀬戸さん、すごくいい顔。色っぽい」

自分の唇を舌で潤す益原は目元を情欲で光らせている。汗で湿った前髪を額に散らし、獣じみた欲望を隠しもしない彼こそが男の色香に満ちていた。

「こっち、してあげますから、瀬戸さんは俺のを擦って」

言われるままに益原の軸を握ると、彼は瀬戸の乳首と尻に触れてきた。胸の尖りをしつこく責められ、尻を淫らに揉まれると、たまらず腰が振れてしまう。

「う……は……あ、あ……っ」

益原の粘膜におのれの欲望を舐めずられ、乳首をくいくいと指先で引っ張られれば、快感が全身を駆けめぐる。

気持ちがよくて、益原が愛しくて、どうしようもなくなっていた。彼の軸を熱心に擦りながら夢中で腰を振りまくると、ふたりの喘ぎが両者のあいだで入り交じる。

「んっ……ん……うっ……う、う……っ」

どちらがどちらの嬌声《きょうせい》なのかもわからないほど、強い快感が支配している。日を霞ませて恋人の肉体に没入する瀬戸の耳は荒い息がふさいでいた。

心臓が強く打ちすぎて、こめかみがしびれている。汗が流れて、顎と肩から滴っていく。瀬戸の手のひらにあるものは汗以外の体液でも濡れていて、恥ずかしい水音を立てていた。

「ます、はら……っ……も、達く……っ」

「俺……もっ……出、そう……っ」

荒い呼吸の合間に限界を訴えると、恋人もおなじと返した。瀬戸は粘膜を擦る動作をいっそう速め、握ったそれを強く扱いた。

「う……あ、あ……っ」

「ん、くぅっ……」

熱い息を吐き散らし、瀬戸は官能の極みを迎える。ぬるんだ内部に精を放つと、同時に益原の先端からいきおいよく白濁がほとばしった。

「……は……あ……っ……」

頭ががんがんするくらい酸素が足りなくなっている。息継ぎがじょうずにできない喉からは細い音が洩れ出して、なにかで覆われているような瀬戸の耳にかすかに届いた。

（く、るし……っ）

ぐらりと上体が傾いだら、益原が瀬戸の二の腕をしっかり摑み、自分のほうに引き寄せる。その動きで繋いだ性器が抜けていき、ずるりと引き出される感触に益原はすこしだけ顔をしかめた。それでも、すぐに満足そうな息をつき、瀬戸をぎゅっと抱き締めてくる。

「すごかった……くらくらしました……」

（うん……。俺も）

心のなかでうなずいて、それから彼の身体のことが気になった。

「どこか……おかしくさせなかったか……?」

まだととのわない息の下から聞いてみれば、益原は「平気」と答える。

「学生時代には、スポーツで柔軟をみっちりとやりましたから。俺の身体は柔らかく、頑丈にできてるんです」

「そうか……」

ほっとして、汗の光る肌の上に瀬戸は自分の重みをゆだねる。自分の肉体に巻きついている強い力が、性的な意味とはべつに気持ちよかった。

そうして、しばらく抱き合っていたあとで、ふいに益原がしみじみと感慨深げな声を出し、

「これも一種の……文理融合ってやつでしょうかね」

「融合じゃない。正しくは、合体だ」

とっさに返したら、刹那に益原は息を吞み、それから大きく吹き出した。

「せっ、瀬戸さん……それ、オヤジくさい……っ」

失礼なことを言い、さらに益原は非礼にも遠慮なく大笑いした。

「お、俺っ……セックスをしたあとで、こんなに笑ったのはっ……初めてですよ……っ」

涙目になりながらもまだ笑う無礼な男に、瀬戸はむうっと不機嫌な顔になる。

「きみのほうが最初におかしな単語を使ってきたんじゃないか」

自分に巻きついた腕を振りほどこうとして、しかしそれは果たせない。益原が上機嫌な表情で、さらに瀬戸を抱き締めて頰にキスをしてきたからだ。

「そうですね。すみません……俺は浮かれているんですよ」

瀬戸さんと最後までできたから。うれしそうな彼の顔には一点の翳りもなく、難なく瀬戸の機嫌の悪さを散らしてしまう。どころか、またも尻に添えられた彼の手が悪戯《いたずら》をしはじめて、ささやかな腹立ちどころではなくなった。

「益原……っ！」

とがめる声を発しても、彼はそこから手を離さない。そのうえ重ねた下腹部に変調を感じ取り、瀬戸はますますあせってしまった。

「きみは、また……」

「そうなんです。まだ足りないので、もう一回しませんか」

悪びれもせず、益原がそんなことを言ってくる。

「俺はまだまだ余力があるし、二度目のほうがスムーズにいくんじゃないかと思うんですよ」

益原の体調を気遣ったこっちがむなしくなるくらい、彼は余裕の態度だった。

「でも、益原……」

「大丈夫。今度は俺が瀬戸さんにまたがって、腰を振ってもいいですか？」

「え、いや、それはっ」

「いいでしょう？　瀬戸さんに突っこんだりはしませんから」

「そっ、それはっ……そっちは、その……っ」

「ね、やりましょう」

刺激的な益原の香りにつつまれ、その発言の大胆さにも驚いて、瀬戸は目眩を起こしてしまった。おたついているうちに、しなやかな男の身体に組み敷かれ、胸を吸われて喘がされる。

「ふ……う……や、いや……だっ」

「嫌じゃないでしょ、ほらこんな」

胸への愛撫で兆してきた欲望を益原の指でたくみに擦られて、瀬戸の喉から恥ずかしい声がこぼれる。

「あ……う……くぅ……っ」

それを厭《いと》って、嚙み締めた唇を男のキスでほどかれた。

「好きです……瀬戸さん……」

真摯な声と、情欲にけぶるまなざし。

（くそ……もう……いいか……）

欲望に押し流されて、煽って、煽られて、恋人と快楽を分かち合いたい。

その思いに負けてしまって、瀬戸は益原の頰に手を添えてキスをする。承諾のしるしにあたえた深いキスは、瀬戸の心身を熱情にまみれさせ、愛しい想いをあふれさせる。

（好きだ……欲しい……この男のぜんぶが欲しい……）

そんなことしか考えられなくなってしまって、恋人と繫がる時間を焦がれるように待ちわびる。

身体じゅうに口づけの痕をつけられ、こちらからも精いっぱいの愛撫を返す。結局益原はねだったように上になることはなかったけれど、キスをしたまま横臥《おうが》の体位でまじわった。

「は……っ……あう……ん、ん……っ」

息継ぎの合間に淫らな喘ぎがこぼれる。でも、それすらも男の口腔に吞みこまれ、蜜《みつ》のように甘く深い快楽に全身が浸されている。

彼が好きで。ただ愛しくて。揺らめく海中の景色にかこまれ、汗みずくになりながら底のないような愉悦をあたえ、こちらからも奪い取る。

「益原……っ」

「んっ……瀬戸さ、んっ……」

「すごく……いいっ……熱い、蕩《とろ》ける……っ……ます、はらっ……」

恋人の内側を濡らして潤し、こちらもおなじ体液に肌を濡らされ、情愛と快感をキスに痺れた舌でつづった。

「好きです……好き……ん、うっ……めちゃくちゃ……あっ……あ、あっ」

「うっ……く、……は……っ……う……っ」

「瀬戸さん、瀬戸さん……っ……瀬戸さ……っ……」

益原が痙攣する内腿で瀬戸の腰を絞めあげてくる。ひそめた眉。熱い吐息を振りまく唇。余裕もなく瀬戸をもとめる男の熱流に巻きこまれ、身体も心も熔《と》かされる。

「達っ、く……も、出、る……っ」

火のような呼気を吐き、濡れた身体をぶつけ合って、官能を極限まで高めていく。

「う……俺、もっ……」

こらえた快感の限界を切れ切れに口にすると、ふたりの愉悦が融けて合わさりほとばしる。

「……は……あっ……は……」

しばらくは言葉もなく果てた身体にしがみつく。快楽の余韻が全身にまつわっていて、彼の荒れた呼吸を肌に感じるだけで、手の先までしびれるようだ。震える指で益原の頬に触れると、いまだ消えない情欲に潤む視線を向けられた。

「好きです、瀬戸さん……大好きです……っ！」

きつく腰をいだかれて、唇を押しあてられる。

濡れた下肢を絡め合わせ、入りこんでくる舌と愛情とを受けとめて、頭からつま先までを益原に満たされながら瀬戸はゆるやかに眸を閉ざした。

† †

八月の連休が過ぎ去ると、休んだぶんの仕事が押し寄せてくる。それをどうにかこなしたときには九月の初旬になっていた。

残暑とはいいながらうだるような気温の下、瀬戸は作業服からスーツに着替え、万代精機の東京本社を訪れた。一階フロアの商談室でしばらく待つと、サマースーツを着こなした男の姿が現れる。

「お待たせして、すみません」

「いや。俺もいま来たところだから」

益原と商談室をともに出て、いつぞやとおなじようにJRの駅へと向かう。本日は建機メーカーへの提案を自社の営業部員、つまり益原とおこなう予定だ。

瀬戸は自分が開発した工作機の売りこみにともなって、技術系の説明にあたる手はずで、ひさびさに益原とふたりでの仕事だった。

(しばらくぶりだな……)

一緒に暮らしているものの、スーツ姿の益原と昼間に会うのは、そう回数は多くない。なんとなく浮かれた気分で歩いていたのに、横の男がそれを台無しにするような発言を投げてきた。

「瀬戸さん、今日は顧客先でのプレゼンテーションなんですからね。くれぐれも言動には注意してくださいよ。まかり間違っても、うちの工作機の欠点などは言わないように」

「……そんなこと、するはずないだろ」

どうだかなという男の顔に、瀬戸の機嫌がななめに下がる。

「それならいいんですけれど。前回の打ち合わせで、瀬戸さんは気になる箇所を述べていたでしょ。正式にオーダーが入ったら、それに応じて調整はするんですから、今日はいいところだけ発表してくださいね」

「わかってる」

上からの台詞にむっとして応じ返す。益原は、そんな瀬戸の顔を見て、苦笑しながら言葉を足した。

「まあ、ほんとのところ、俺はちっとも心配はしていませんが。今日のプレゼンは絶対に成功しますよ」

「……どうしてだ？」

「だって、あたり前でしょう？　ほかでもない、万代精機の瀬戸閑が開発した工作機です。この売りこみが通らないでどうしますか」

自信たっぷりに益原が言いきった。瀬戸は一瞬唖然とし、それから面映ゆい気分になって下を見る。

しばらくは陽炎《かげろう》の立つような暑い街路を歩いたあと、低い声で瀬戸はつぶやく。

「……客先では丁寧な言葉を使う。話す内容に迷ったら、きみを呼ぶ」

前に益原から言われたことを思い出し、ぼそぼそと声を落とすと、彼がにっこりうなずいた。

「はい、瀬戸さん。きっとうまくいきますから。今日はよろしくお願いします」

「あ……俺のほうこそ、どうぞよろしく」

頼もしいパートナーの横顔を眺めてから、瀬戸は視線を前に戻す。

そうして、尊敬と信頼を胸にいだいて、誰よりも大事な男と歩いていく。

肩を並べて。同じ歩調で。

同期の仕事仲間として。それから、なによりも大切な最愛の恋人として。

# リアリストの恋愛命題

「瀬戸《せと》さん。それじゃあ、いってきます」

「うん。気をつけて」

益原《ますはら》がソファに座る恋人にそう言うと、本を膝《ひざ》に挨拶《あいさつ》を返してくれる。生真面目《きまじめ》な表情が愛《いと》しくて、スーツ姿の益原は彼の上に屈《かが》みこんだ。

「ね。いってらっしゃいのキスをしてくれませんか？」

頼むと、瀬戸は「え」と眉《まゆ》を跳ねあげる。

「いいでしょう？　統計にもあるんですよ。いってらっしゃいのキスをしてもらう夫のほうが、してくれない家庭よりずっと出世するんだって」

「お、夫って……」

とまどってあせっている瀬戸の顔がすごく可愛《かわい》い。

「俺のほうが新妻でもいいんですけど。これ、ふたりのあいだの恒例にしませんか？」

だから、益原はにっこり笑って提案してみる。

「出世しますよ？」

「いや……俺は、べつに、出世は……」

もごもごと言葉を落とす瀬戸に顔を近づけて、そっと唇にキスをした。すると、恋人はうっすらと口をひらき、忍んでくる舌先を従順に迎え入れる。

(ああもう。今日が休みならよかったのに)

もしもそうならこのままのいきおいで押し倒し、あれやこれやしたあとで、瀬戸からもいろんなことをしてもらう。それからふたりでシャワーを浴びて、もう一度いちゃついたあと、瀬戸のために昼飯をつくってやりたい。なのに、今日は無情にも休日出勤の予定がある。

瀬戸はこの日まで夏の連休であるのに対して、仕事の都合上益原は一日繰りあげで休暇が終わっていたのだった。

「ん……ふ……っ」

口腔《こうこう》内を入れた舌で掻《か》きまわすと、本が膝の上から落ちて、艶《なま》めかしい鼻声を瀬戸は洩《も》らす。自分のキスで感じてくれたのがうれしくて、ついつい絡めた舌の動きがしつこくなった。

(あ。やばい。勃起《ぼっき》しそう)

と、いうよりも、すでに股間《こかん》が兆していた。

(出先に直接向かいますと連絡しようか……)

益原が出社を遅らせる理由を頭に浮かべた直後、瀬戸が「んん」と頭を振ってキスからのがれた。

「き、きみは……会社に、行くんだろう……?」

息があがって、焦点があやしくなった眸《ひとみ》がめちゃくちゃ色っぽい。悩殺されて、もう一度キスをしようと迫ったら、唇に手のひらを押しあてられた。

「もっ、もう駄目だ……！」

出勤前にやりすぎだと睨《にら》まれて、やむなく益原はあきらめた。

「はぁい。瀬戸さん。帰るまで我慢します」

このまま瀬戸に触れていたら、午前中いっぱいは出かけられなくなるだろう。歯どめが利かなくなる予感もあって、残念ながら社会人の義務のほうを優先させる。

名残《なごり》惜しく頬《ほお》にチュッとキスをして、それから益原が腰をあげれば、瀬戸がなにか言いたそうな顔をした。

「なんですか？」

「その。言い忘れていたんだが、俺はこれから小田原に行ってくるから」

「小田原……って、瀬戸さんの実家にですか？」

「うん。この一年ほどは顔を出していなかったから。母からなにか俺に話があるそうなので、きみがここにいないなら行ってみようかと」

（瀬戸さんのお母さんから……？）

なんとなく話の内容に予想がついて、おぼえず顔をしかめたらしい。瀬戸がすこし困ったように「どうしたんだ……？」と聞いてきた。

「いいえ。べつに、なんでもないです」

もう遅れるから出かけますね、と恋人の手の甲に口づけて、益原は玄関の戸口をくぐった。

そうして夕暮れ。あのあと出社した益原は、千葉にある得意先で仕事を終えて、帰宅の途に着いていた。八月もなかば過ぎのこの時期は、六時を過ぎても外は明るい。益原が乗っている電車のなかは、部活帰りの学生や、サラリーマン、それにまだ夏期休暇の最中なのか子供を連れた家族連れの姿があった。

遊び疲れて眠っている幼児を抱いた父親にちらりと視線を走らせて、益原は心中でため息をつく。

(瀬戸さんに、こんな子供がいたとしても、なにも不思議はないんだな……)

益原の恋人は今年で三十歳になる。おそらく、瀬戸の母親が持ち出す話は結婚に関してのことではないか。そう思えば、黒いものが胸のなかに目いっぱい広がっていく。

(あ。駄目だ……落ちこんできた)

自覚もあるが、益原は前向き志向の持ち主だ。困難は切り抜けられる。たとえそれが無理だとしても、努力したぶんは自分の身に着く。現実をきちんと見据え、それに対する心がまえを持っていれば、不必要に思い悩むことはない。

これまでは、どんな事態もそうした思考で乗りきってきたのだが……瀬戸に関する事柄だけは、楽天的な気分になれない。

（……瀬戸さんは、やさしいから）

母親に嘆かれると、見合い話も断りきれなくなるのじゃないか。

時折瀬戸は『きみはやさしい』と言ってくれるが、本当にやさしいのは彼のほうだ。誠実に相手を思いやる気持ちがあって、無意識に自分のことはあとまわしにしてしまう。

前に瀬戸とつきあっていた男が現れて、しつこく復縁を迫ったときも、瀬戸はそのことを真摯《しんし》に受けとめ、痩《や》せ細るほど悩んでいた。

益原にしてみれば、あんな男に振りまわされる瀬戸の気が知れなくて、ずいぶんやきもきしたのだが、たぶんあのときの嫉妬《しっと》の念が恋の自覚に繋《つな》がったのだ。

振り返れば、カザマ自動車の部長たちを接待したあの晩に、瀬戸と向井《むかい》との会話を洩れ聞き、彼らがそういう関係であると知った。その事実がわかった瞬間、益原がいだいたのは純粋に驚愕《きょうがく》する想《おも》いばかりではなくて、なんとも不可思議なもやもやする感情だった。

（だとすると、彼とは同僚以上にもなれるのか……恋愛の対象にもできるのか）

もちろん、あのときにこうまではっきりと考えたわけではないが、瀬戸自身を好きになってもいい相手として意識したのはあれからだ。

そもそも益原は瀬戸と最初に会ったときから、彼のことが気になっていた。入社式で瀬戸が代表の挨拶として、自社の加工機の欠点を数式入りで発表したとき、益原は驚きと、見あげる気持ちを同時に感じた。あっけに取られた周囲の様子と、淡々とした瀬戸の横顔。その対比の鮮明さがよけいに益原のなかにある情動を揺さぶったのだ。

すごい人物だと心底思い、そののちも新人歓迎会や懇親会があるたびに彼のことを意識していた。

（なのに、瀬戸さんはこれっぽっちも俺をおぼえていなかった……）

瀬戸と組んで仕事ができると知ったとき、益原はうれしくて、わくわくしながらその日の対面を待っていた。なのに、瀬戸は益原の名前さえ知らなかった。初仕事の日、そうした八つあたりの気持ちもあって、益原が瀬戸にがみがみ注意をしたら、彼は自分を苦手な相手と思うようになってしまった。

普通なら、ここで益原は瀬戸とのあいだに心理的な距離を置く。

瀬戸が考えているのと違い、自分は親切な男でもなんでもないし、苦手意識を持たれた相手にしつこくするようなこともしない。それなのに、必要以上に瀬戸をかまいつづけるのはなぜなのか。

その答えがわかったのは、持参の手土産《てみやげ》を瀬戸に勧めていたときだ。かたくなに振り返らない彼の顔を焦がれるように見たいと望む。そうしてそののち、痩せてしまった彼を目にして、益原が感じたのは哀《かな》しみと、なにか言いがたい腹立ちにも似た想いだった。

彼の心身が気がかりで、同時にそれほど相手のことが大事かという、腸《はらわた》がよじれるような気分になって……これはもう、同僚のラインからはみ出したなとみとめざるを得なかった。

やさしくて、誠実で、不器用なあたたかさを胸にひそめている男。そんな瀬戸の状況を利用して、自分の部屋に連れ帰り、その後は自分とつきあうのがベストだと理屈をつけて丸めこんだ。

(もしもそうじゃなかったら……瀬戸さんは俺を好きだと言ってくれたか?)

瀬戸は恋人と思った相手に真摯な情愛をかたむける。前の男がいい例で、あれほど最低な言動を見せつけられても、あくまでも誠意を持って向き合おうと考えていた。

彼はもしかして……最初にこちらがつきあいを偽装させ、愛撫《あいぶ》を強制させたから、好きにならねばならないと思いこんでいるのじゃないか?

(うわあ……俺、ぐだぐだになってるな……)

瀬戸に見合い話かと思ったとたん、疑心暗鬼に全身を摑《つか》まれている。理性も、ポジティブシンキングも吹っ飛んで、悪い想像ばかりが広がる。こんな苦しいもの思いは瀬戸にだけ感じることで、すこしばかり彼を恨みたい気持ちになって、それでもやはり早くあの顔が見たくて、電車を降りた益原は帰る足を急がせた。

「瀬戸さん、ただいま」

リビングに照明が点《つ》いていたから、彼がいるのは玄関をあがったときからわかっていた。声をかけつつ廊下からそちらのほうに入っていくと「おかえり」と声が返る。ついで、瀬戸が目を瞠《みは》り「……どうかしたか？」と聞いてきたのは、益原の息があがっていたせいだろう。

「そんなにあわてて戻らなくてもよかったのに。晩飯の総菜なら、実家で持たされたものがある。あとであれを一緒に食べよう」

のんびりと言ってくる瀬戸の様子に変わったところはなにもない。ほっとして、だけど安心しきれない自分を感じたその刹那《せつな》、なんともいえない気分になった。

（こんなのは、俺らしくないのにな……）

これが恋なら、いままで自分が恋愛なんだと思ってきたのはなんなのか。

過去に幾度か経験してきた恋愛は、自分を好きになってくれる相手との気軽で楽しいかかわりで、それが壊れてしまってもさほど惜しいものではなかった。ひとの気持ちを読むのが得意な益原は、恋愛感情が冷めてきたとき、自然消滅か、相手から遠ざかってくれるように持ちこむのもじょうずにできた。

人間の気持ちとは不確かなものだから、ときに移ろうのもしかたがない。

母親に殺されかけた経験のせいとばかりは言えないが、益原は幼いときからそんな感覚を持っていて、それがためにより他人の感情に敏《さと》い傾向にあったのだ。

（のめりこまないとか、ここまでと割り切るとか、そういうのは簡単すぎて、まずいくらいでいたんだが……）

それなのに、瀬戸にだけはいっさいブレーキが利かなくなってしまっている。瀬戸の前の交際相手をあれだけ批判しておきながら、おそらくは、自分もまたおなじように感情的になりすぎているのだろう。

益原が多分におのれをもてあましつつ、衣服を着替え、汗ばむ肌をシャワーですっきりさせたあと、瀬戸と食卓をかこんでいたとき。黙々と総菜を口に運んでいた瀬戸が、おなじく黙りこくっていた益原に告げてくる。

「これがきみの口に合えばと言っていた」

「……え?」

誰がと考えるまでもなく、そのひとは瀬戸の母親であるのだろう。

「俺のことをお母さんに言ったんですか?」

同居している友人かなにかとして話したのか。益原の推測は、しかしつぎに聞いた台詞《せりふ》でいともたやすく吹き飛んだ。

「うん。恋人の家に住まわせてもらっていると」

驚愕《きょうがく》に目を剝《む》いて、眼前の男を見返す。

「なんで、そんな……俺が男だということも打ち明けた……?」

まさかと思って問いかければ、瀬戸はあっさりうなずいた。

「母親に見合い写真を見せられて、ことわったらどうしてかと聞かれたんだ。それで、恋人と暮らしているから駄目だと答えた」

首を傾《かし》げて「事実だろう?」と訊《たず》ねてくる男の様子はとくに変わった事柄を告げてくるようではない。

「……お母さんは……それで、なんて……?」

思いがけないなりゆきに出す声が震えてしまった。

瀬戸の前の交際相手が同性であったのは、おそらく知らないはずだから、彼女は仰天しただろう。そのあと、嘆いたか、怒ったか。どちらかと思って聞けば、瀬戸はべつのことを言う。

「最初はすこし驚いて、それからずいぶんよろこんでいた」

「よろこんで……?」

「うん。見合いの件は最初から期待していなかったんだと。だけど俺から益原の話が聞けて、よかったと笑っていた」

「瀬戸さんは……どんなふうにしゃべったんです?」

瀬戸の母親によろこばれることをした心あたりはないのだが。

とまどいながら質《ただ》してみると、瀬戸はかすかに笑みを浮かべた。

「俺にとっては特別な人間なんだ。信頼し、尊敬もしている男だ。なによりも大事にしたい相手だと母に言った。そうしたら、あなたは一生誰も好きにならないのかと思っていた、そんな相手にめぐり会えてすごくうれしいと感激してたな」

訥々《とつとつ》と述べてくる瀬戸の言葉が頭のなかに沁みたとたん、益原の胸いっぱいに熱いものが広がった。

「まあ、そんなわけで、名産のかまぼこもきみにどうぞと持たされた。冷蔵庫に入れているから、あとで確かめてくれ」

「……瀬戸さん」

「ん……？」

「あなたに、キスしてもいいですか？」

いいと返事をもらう前に、身を乗り出してキスをする。肩を摑み、恋人の身体をぐっと引き寄せると、手づくりの総菜が入った小鉢《こばち》がほかの皿と触れ合って、カチャンと高い音を鳴らした。

† †

「あっ……ん……く、う……っ」

こらえきれず洩らす喘《あえ》ぎが暑さを残した部屋の空気を掻きまわす。

食事もそこそこに向かった先は益原のベッドの上で、エアコンのスイッチを点ける暇さえもったいなくて、シーツの海になだれこんだ。そうして瀬戸の全身に触れながら衣服を脱がせ、自分も手早く裸になって、汗ばむ身体を重ね合う。

瀬戸の舌を舐めまわしつつ胸の尖《とが》りを指でいじると、おたがいの男のしるしが正直に持ちあがる。

「ね……閑《しずか》、さん……っ」

耳たぶを甘噛みし、耳孔《じこう》に舌を差し入れながらささやくと、瀬戸の肌にさざ波が生まれ出る。わななく背中を手のひらに感じながら、自分の望みを口にした。

「今夜は俺に入れてください」

瀬戸はこうして抱き合うことも、たがいを愛撫して達《い》かせる行為もするのだが、たいていは挿入までいたらずに済ませてしまう。

後ろを指で刺激するのはどちらも拒まず、益原がそこで快感を得られるのも知っているのに、瀬戸はその箇所を使うことにためらいがある。

「だけど、あれは……苦しいだろう?」

無理しなくてもいいのだと、瀬戸は今夜も引け腰で、気遣いがうれしい半面益原はもの足りない。

(もしかしたら……あそこでするのが、本当は嫌なのか……?)

生理的な忌避感があるのだろうかと疑ってしまうのは、瀬戸の生来の性的指向が彼の思っているのとは違うと感じているからだ。

「俺は、平気です」

告げてみたけれど、案の定で、彼の眸には迷いが浮かぶ。

（このひとが女と寝るなら、こんなふうにためらったりしないだろうに）

益原が抱かれる立場を選んだのも、じつはそこに理由があった。恋愛方面に不慣れな瀬戸は本来の性的指向を自分で見極める前に、前の男に落された節がある。

あの青年は二十六歳になったときにも中性的な美しさを残していた。いまがそうなら、二十歳の時分には女性とさほど変わらない印象を瀬戸にあたえていただろう。

あの青年が瀬戸とよりを戻すことはなかったが、もしもあるとき彼を熱愛している女が目の前に現れたなら……？

いまとは逆に瀬戸が益原に抱かれる立場で、うっかり薬を盛られでもして女と寝たら――真面目で、しかも責任感の強い瀬戸は、女性を守ろうと無意識に考えて、抱かれるほうから抱く立場へと立ち戻ろうとするかもしれない。

そうして益原には「理由はどうあれ、彼女を抱いてしまった以上、俺は男として責任を取るべきだろう。すまないが、きみとはこれきりにしてほしい」と、益原を切ってしまうこともないとは言えない。

そんな想像は馬鹿馬鹿しいとは思うけれど、万が一の可能性を捨てきれないほど、つまりは瀬戸にやられているのだ。

「気にしなくてもいいですよ。苦しいとかありませんから」

瀬戸さんがこの行為を男女の疑似《ぎじ》セックスだと嫌がるのならしかたがないけど。わざと露悪的な言いかたで瀬戸に告げたら、彼は真率《しんそつ》な表情で首を振る。

「男女の疑似セックスじゃない。俺はこれを自分ときみとがする行為だと思っている。だから……」

「だから……？」

整髪料でととのえないとさらさらと落ちてくるクセのない瀬戸の髪。それを指先で掻きあげながら彼に聞く。すると、彼は真剣な顔のままこちらの胸をつらぬくような台詞を吐いた。

「きみに入れると、無我夢中になりすぎて、自分でも怖いんだ。すごくよくて、きりがないくらいきみのことを欲しがって、きっと苦しくさせるから」

「そんなにやわじゃありませんよ」

震える心を隠して言えば、自身の告白の重さも知らず彼はなおも気遣うふうだ。

「でも、ほんとにか……？」

生真面目で、不器用で、面倒くさい恋人を、説得するのに足る方法をこのとき益原は考えついた。

いつも巧みに操っている言葉より、もっといいやりかたを。

「え、な、なにっ……いき、なり……っ」

益原は自身の思いつきどおり、瀬戸を押し伏せ、彼の性器を口にふくんだ。恋人の軸を吸って、しゃぶりまわして、たっぷりと湿らせる。

「んっ……あ、やっ……ます、ますは、ら……っ」

強い快感が瀬戸の喉から立てつづけに嬌声を引き出した。もう引き返せないところまで彼のそれを育てておいて、益原は身を起こす。

「最初はゆっくりしますから、我慢してってくださいね」

瀬戸の身体にまたがると、彼自身に手を添えて、その部分を自分のなかに呑《の》みこんでいく。

（……きっ、つ）

まだほぐされていない箇所だが、彼のそれをかるく抜き挿《さ》しすることで、徐々に柔らかく広がるだろう。

（も……ちょっと……先のとこだけ入れてしまえば……）

「馬鹿……！　無茶、するな」

心配してあせる瀬戸には、すこしばかり引きつる頬で「大丈夫」と笑ってみせる。

「ん……く……気持ち、いい……から……っ」

痛みがあるのも本当なのだが、それ以上に快感もおぼえている。恋人の熱感を自分の身の内で感じるのは、つねに益原の興奮を深いところから呼び起こす。

「ほら……もっ……入る、し……」

つとめて身体の力を抜いて、じりじりと腰を落とす。

しばらくのちに、くちゅんといやらしい音をさせ、彼の全容を呑みこむと、身体の下で淫《みだ》らな呻《うめ》き声がした。

「閑さんも……気持ち、い、でしょ……」

彼の胸に手をついて、ゆらゆらと腰を揺らすと、下腹に直撃を食らうような艶《つや》っぽい喘ぎが洩れる。

「んん……あ、あ……ん、ふ……っ」

「やらしい声」

いくぶん軋《きし》みを感じる身体で、なおも笑んでのけたのは、瀬戸が好きで愛しくてたまらなかったからだった。

「もっと……喘いで……気持ちよく、なっちゃって」

それで、俺のここで達って。言いながら、手を伸ばし、瀬戸の乳首を摘《つ》まみあげる。

「ん、んん……っ」

びくりと背中を反らして感じ、さらに益原がしつこく尖りをいじり倒すと、こらえかねたようにして下半身がうごめきはじめる。

「いいでしょ、これ……」

「うぁっ……あ、い、いい……っ」

瀬戸の上で腰を振りながら問いかけると、彼が眸を潤ませてうなずいた。

「胸とこっちと、いっぺんにされるのが好き？」

「う、うん……っ」

それから濡れた目で、まっすぐに益原を見る。

「きみが、好きだ」

瞬間、びくりと益原のペニスが跳ねて、繋がるそこを食い締めたのはしかたがないことだろう。

「し、閑さん……。それ、やめて」

不意打ちで胸を射抜かれてしまうのは、無防備でいたぶんだけ、より深く情感が食い入るから困るのだ。

「もちょっとで、出るとこだった……」

しびれるような胸の内を冗談めかしてごまかすと、こちらはもうはぐらかせない情動で瀬戸の身体を激しくむさぼる。

「あっ……あ……う、うぁ……ん……っ」

「は……は、っ……ん……くっ」

揺さぶって。まわして。えぐって。えぐられて。どちらがどちらともつかないくらい、深く激しく相手の身体と心をもとめる。

ぽたぽたと汗が垂れ、胸についた手がすべる。益原自身の先端からも、ひっきりなしに滴があふれ、上下する動きにつれて瀬戸の腹から下生えあたりを濡らしていった。

「閑さ……もっと……いい……っ？」

「ん、あ……益原……や、いっ……そこ……っ」

赤く腫《は》れた乳首をいじり、腰の動きを速めると、うわごとめいた声がこぼれる。愛情と快楽に身体の内と外とを濡らして、益原は内心でつぶやいた。

（今度は……絶対……央紀《おうき》って、呼んでもらう……っ）

数学的な真偽を解く命題は瀬戸のほうが得意だろうが、恋愛のそれをほどいてひとつずつ真物《ほんもの》にさせていくのはたぶんこちらのほうがじょうずだ。

現実をきちんと見据え、立てた目標をクリアするのは、やりがいのあることだから。

今日より明日。明日よりもその次とふたりの仲がますます深まっていくように。

月日を重ねていくごとにふたりの絆《きずな》が強くなっていくように。

愛しくてしかたのない恋人と繋がって、益原は心からの言葉を贈る。

「愛して、います」

これからも移ろうことなく。

彼だけを、永遠に。

## あとがき

こんにちは、今城です。初めてのかたは、はじめまして。

このたびは拙作をお読みくださり、ありがとうございます。

リアル会社員による「リアルリーマンライフ」、いかがでしたでしょうか。

じつは、会社員ものは、一度は書きたいと思っていました。なのに、なかなか踏みきれないでいたわけは、たぶん実生活がリーマン祭りになるだろうと。

そうして、やっぱりやってみれば、起きてリーマン、寝てリーマン（笑）。どこからどこまでが現実で、非現実かわからなくなるいきおいでしたが、書いている間中すごく楽しかったです。会社ネタにはおかげでまったく事欠きませんし、もっともっと面白い内輪話もたくさんあります。もちろん、小説とリアル生活とはことなりますが、今城のこれまでの経験がお話し書きに多少なりとも活かせていればさいわいです。

この本編が終わったあとで、もう少し彼らのことが書きたくて、小冊子をつくってみました。こちらの小冊子をプレゼントいたしますので、ご希望のかたは「小冊子希望」と編集部までお知らせください。なお、手づくりのため、部数限定。なくなり次第、配布は終了とさせてください。お申し込み期限は平成二十四年五月末日（消印有効）まで。

なお、到着までしばらくお時間をいただきますが、よろしくご了承くださいませ。

　本作に素敵なイラストをお描きくださいました金ひかるさま。今城初のリーマンものに金さまのイラストで、ものすごくテンションがあがりました。ご一緒にお仕事ができまして光栄です。このたびはありがとうございました。深くお礼申しあげます。

　また、太っ腹な担当さまにもいつもながら感謝です。のびのびとやらせてくださり、今城のいたらぬところはささえてくださるスペックの高さにはいつも見あげる気持ちでいます。毎回本当にありがとうございます。


　現役会社員のかた、もとはそうであったかた、またこれから会社に入られるかた、ご家族、知人友人が会社員でおられるかた。リーマンはとても身近なものですが、瀬戸や益原の物語をお読みくださり、どのような感想を持たれたでしょうか。少しでも楽しんでいただけたらと、心より願っています。

　それでは、最後までおつきあいくださってありがとうございました。

　また、どこかでお目にかかれますよう。

今城けい

【小冊子ご応募方法】　挟み込みの愛読者カードに必要事項をご記入の上、感想欄に『小冊子希望』と明記してお送りください。愛読者カードが入っていないときはハガキに①この本のタイトル②住所③氏名④年齢⑤職業⑥感想をご記入の上、お送りください。編集部の企画ではありませんのでお問い合わせにはお答えしかねる場合がございます。あらかじめご了承くださいませ。

今城けい先生、金ひかる先生へのお便り、
本作品に関するご意見、ご感想などは
〒101-8405
東京都千代田区三崎町2-18-11
二見書房　シャレード文庫
「リアルリーマンライフ」係まで。

本作品は書き下ろしです

CHARADE BUNKO

リアルリーマンライフ

【著者】今城《いまじょう》けい

【発行所】株式会社二見書房
東京都千代田区三崎町2-18-11
電話　03(3515)2311［営業］
　　　03(3515)2314［編集］
振替　00170-4-2639
【印刷】株式会社堀内印刷所
【製本】ナショナル製本協同組合

落丁・乱丁本はお取り替えいたします。
定価は、カバーに表示してあります。


ISBN978-4-576-12052-2

http://charade.futami.co.jp/